Losbude

Ulrike Rylance / Lisa Hänsch

Penny Pepper
Alarm auf der Achterbahn

Ulrike Rylance

Ulrike Rylance, geboren 1968, schreibt gern Kinderbücher und hat die zwei süßesten Hunde der Welt. Die dürfen ihr auch beim Schreiben zusehen, aber nur wenn sie nicht den Computer anknabbern. Sie wohnt seit 2001 in Seattle, USA, und hat auch die zwei süßesten Töchter der Welt - sowie einen relativ süßen Ehemann.

Lisa Hänsch

Lisa Hänsch, geboren 1988, zeichnet für ihr Leben gern Bilder für Bücher und sogar Bilder für Trickfilme und fürs Fernsehen. Manchmal zeichnet sie auch heimlich Leute in der U-Bahn. Wenn die das merken, muss sie schnell die Flucht ergreifen, das ist dann fast so spannend wie Detektivsein. Sie wohnt mit Mann und Kind und Hund in der Nähe von Köln.

Penny Pepper

Alarm auf der Achterbahn

von Ulrike Rylance & Lisa Hänsch

dtv

Von Ulrike Rylance sind bei dtv außerdem lieferbar:
Penny Pepper 1 – Alles kein Problem
Penny Pepper 3 – Chaos in der Schule
Penny Pepper 4 – Tatort Winterwald
Penny Pepper 5 – Spione am Strand
Penny Pepper 6 – Auf Klassenfahrt
Penny Pepper 7 – Diebesjagd in London
Penny Pepper 8 – Schurken auf dem Schulhof
Penny Pepper ermittelt
Penny Pepper – Tatort Schule
Penny Pepper – Detektive auf Reisen
Penny Pepper – Mein streng geheimes Detektiv-Notizbuch
Meine fantastischen Tierfreunde
Zweite Pause Zoff und Zucker. Nickis geheime Notizen
Mein Mathe-Desaster oder Der lange Weg zum ersten Kuss
Der Tiersitter-Club – Alles für die Katz
Die fieseste Lehrerin der Welt

FSC www.fsc.org MIX Fördert gute Waldnutzung FSC® C004467

Originalausgabe
11. Auflage 2026

Tumblingerstraße 21, 80337 München
produktsicherheit@dtv.de
Dieses Werk wurde vermittelt durch die Literaturagentur Kai Gathemann
Umschlagkonzept: Balk & Brumshagen
Umschlagbild und -gestaltung: Lisa Hänsch
Lektorat: Anke Thiemann
Gesetzt aus der Asap
Layout und Satz: Lisa Hänsch / Eberl & Koesel Studio, Kempten
Druck und Bindung: Stamperia Artistica Nazionale S.P.A., Trofarello
Printed in Italy ISBN 978-3-423-76117-8

KAPITEL

1 WIR JAGEN VERBRECHER!

also, falls wir welche finden ...
wir suchen ja noch! → GANZ UNAUFFÄLLIG ←

Heute sind IDA *meine beste Freundin*, Marie *meine zweitbeste Freundin* und FLORA, meine ~~ALTE FEINDIN~~ *neue Freundin*, ihr Hund DSCHASTIN *der süßeste Hund der Welt!* und ich nachmittags zusammen die Straße langgelaufen und haben nach VERBRECHERN Ausschau gehalten.

WIR SIND NÄMLICH JETZT EINE DETEKTIVBANDE!

Wenn man richtig hinguckt, findet man die Verbrecher überall. Zum Beispiel war da dieser JUNGE. Der wollte einfach einen Geldschein von der Straße aufheben. Der ihm gar nicht gehört hat!

»HALT, FREUNDCHEN«, habe ich ganz laut gerufen. »FINGER WEG!«

Der Junge hat mich nur frech angegrinst. »Bist du bescheuert?«, hat er gefragt. Und dabei so hinterlistig geguckt. »Mann, das ist mein Busfahrschein, du **DOOFBIRNE**, der ist runtergefallen.«

Das war aber wohl ein Geldschein, ich hab das genau gesehen!!! Ich wollte gerade was sagen, aber in dem Moment habe ich gemerkt, dass der Junge ja KOTZBROCKEN-KONRAD war. Der KOTZBROCKEN-KONRAD aus unserer Schule! Er ist ein Jahr älter als wir und der absolut fieseste und gemeinste KOTZBROCKEN der Welt!

Er hat Marie mal ein Bein gestellt.

Und mir hat er mal einen Regenwurm auf den Kopf gelegt! Und dabei LAUT GELACHT!

MIST, MIST, MIST. Hoffentlich treffe ich den fiesen Konrad jetzt nicht mal alleine …

WIR SIND DETEKTIVE!!

hat Ida ihm stolz erklärt. Aber Konrad hat nur heiser gekichert. »HAHAHA!« Und dann hat er sich an die Stirn getippt. »DA LACHEN JA DIE HÜHNER.«

hat mein **Diktiergerät** aus meiner Tasche zurückgeplärrt. → Mein Diktiergerät spinnt nämlich manchmal ein bisschen :-: und dann wiederholt es alles ganz falsch, ich weiß auch nicht, warum.

Ich nehme es aber trotzdem immer mit, denn manchmal ist es doch nützlich.

Jetzt hab ich es aber lieber ausgeschaltet, damit es nicht noch was Komisches zu Konrad sagt.

KOTZBROCKEN-KONRAD hat uns misstrauisch angeguckt, dann hat er seinen »Fahrschein« schnell in die Tasche gestopft und ist abgehauen. ➡ DA WAR ICH FROH.

»Selber **DOOFBIRNE**«, hat Ida gesagt. Aber vorsichtshalber nur ganz leise. Und **DSCHASTIN** hat ihm hinterhergebellt. Aber auch vorsichtshalber nur ganz leise.

Flora wollte jetzt wissen, warum ich eigentlich so ein KOMISCHES Diktiergerät benutze. Sie meinte, ihr Papa würde uns bestimmt ein neues kaufen, wenn sie ihn fragt. Weil Flora doch jetzt Mitglied in unserer Detektivbande ist und weil ihr Papa total froh ist, dass jetzt nicht mehr dauernd Floras nervende Karaokemaschine durch sein Haus röhrt.

→ Floras Familie hat GANZ, GANZ viel Geld. Leider kommt Flora da nicht ran, sonst würde sie uns allen was abgeben. **ECHT!** Das hat sie gesagt! Sie ist eigentlich total nett, aber das hab ich früher nicht gewusst.

Ich will aber gar kein neues Diktiergerät. Auch wenn meins oft so seltsames **ZEUGS** sagt. Dieses Diktiergerät hat mir nämlich mal das Leben gerettet!

Wir haben dann nach weiteren **VERBRECHERN** geguckt, aber da war irgendwie niemand mehr auf der Straße, nur ein kleines Mädchen auf dem Fahrrad. Dschastin wollte ihr sofort hinterherrennen und Ida meinte deshalb, die wäre garantiert verkleidet und in Wahrheit ein kleinwüchsiger Bankräuber und dass in ihrem **Hello-Kitty-Rucksack** bestimmt Millionen Euro in frisch gedruckten Banknoten sind.

Flora hat gesagt, dass das Mädchen {also der kleinwüchsige Bankräuber} in dem Fall bestimmt nicht auf einem ROSA Kinderfahrrad herumfahren würde, sondern in einem **Be Em We**.

Aber da war IDA ganz störrisch und meinte, das Fahrrad gehört halt zur TARNUNG dazu. Das fand ich ja echt auch. Und beinahe hätten wir uns alle gestritten, doch da hat Marie vorgeschlagen, wir könnten doch auf den RUMMEL gehen.

mel!

WARUM

RUMMEL

DAS BESTE AUF DER WELT IST:

1. Weil es da total leckere Sachen zu essen gibt, die man sonst nie kriegt: Zuckerwatte, gebrannte Mandeln, rote Liebesäpfel, Popcorn, Bratwurst, Hotdog, Flammkuchen, Brezeln, Crêpes und so. HMMMMMM!!
2. Weil man in riesig hohen und superschnellen Karussells und Fahrdingern durch die Luft gewirbelt wird und weil man da ganz laut KREISCHEN kann und keiner deswegen meckert. Achterbahn, Riesenrad, Geisterbahn, Autoskooter, Berg und Tal und so. AAAAAAAAAH!
3. Weil man da für wenig Geld kostbare Preise gewinnen kann! Plüschwale, Plüschaffen, Plüschtiger, Riesenteddy, Schlümpfe und so. TOLL!

Aber genau als ich mich schon **WAHNSINNIG** auf den Rummel gefreut habe, ist mir eingefallen, dass ich ja gar kein Geld habe. Die anderen hatten auch kein Geld mit, selbst Flora nicht. **MIST**.

Das war jetzt natürlich doof, vor allem weil ich mich ja schon so gefreut hatte.

[Ein winzig kleines bisschen hab ich mich jetzt auch geärgert, dass nicht ICH den Geldschein gefunden habe, sondern dieser blöde Kotzbrocken-Konrad. SOO ungerecht.]

Aber plötzlich habe ich etwas total Aufregendes gesehen. **»ICH GLAUB'S JA NICHT!«**

Denn wer lief da vorn die Straße entlang und drehte sich immer mit so verschlagenem Blick um?

DER MECKERMANN!!!

Genau – der!

Den wir schon ein paarmal gesehen haben und der HUNDE und KINDER nicht leiden kann und immer was ganz **VERDÄCHTIGES**, KLIRRENDES in seinem Koffer rumschleppt!

Er hatte *wieder* seinen schwarzen Anzug an, seine zwei Haare quer über die Glatze gelegt, seinen **schwarzen Koffer** in der Hand, in dem es immer so rätselhaft klirrt, und er hat *wieder* in sein Handy gebrüllt: »Erwin, ich bringe jetzt die Lieferung!«

»Diesmal verfolgen wir ihn!«

Wir sind ihm sofort unauffällig hinterhergerannt. Immer wenn der Meckermann sich so verschlagen umgedreht hat, haben wir uns versteckt. Erst hinter dem Gemüsestand, dann hinter einer

Wand und dann hinter einer **GANZ DICKEN** Frau. Die hat uns angenölt, aber sie war wirklich ein super VERSTECK. Könnte sie sich doch eigentlich drüber freuen.

Sobald er einen Schuh sieht, will er ein bisschen daran kauen. Nur ein bisschen, das ist ja wohl nicht so schlimm, oder? Aber die dicke Frau hat ganz laut gekreischt und gezappelt und deswegen hat der **MECKERMANN** jetzt irgendwie was gemerkt.

Er ist stehen geblieben und hat seine Stirn vor lauter Nachdenken ganz knitterig gerunzelt. Wir haben **DSCHASTIN** schnell von der Frau weggezerrt und dann so getan, als ob uns das **SCHAUFENSTER** einer Fleischerei brennend interessiert.

»Welch interessante, niedliche Wurst!«, hat Marie laut gerufen, damit es echter wirkt.

MARIE IST SO CLEVER!!!

Es hat gewirkt, denn nun hat der Meckermann seinen Koffer geschlenkert und »Bin gleich da, Erwin« in sein **HANDY** gerufen. Und dann ist er in ein Haus gegangen, das ich *kannte*:

DAS Haus VON MEINER OMA!

WAS DER MECKERMANN VIELLEICHT VON MEINER OMA WILL:

MEINE OMA ERPRESSEN! SIE MUSS IHM IHRE KOSTBARE KETTE MIT DEM EDELSTEINKLUMPEN GEBEN, SONST SCHUBST ER ROSI, OMAS HUND, VON DER COUCH!

ODER

MEINE OMA BEKLAUEN! ER TUT SO, ALS OB ER DER FERNSEHREPA-DINGSBUMS-MANN IST, UND WEIL MEINE OMA OHNE FERNSEHEN NICHT LEBEN KANN, GLAUBT SIE IHM. DANN HOLT ER DIE HANDSCHELLEN AUS DEM KOFFER, FESSELT OMA AN DEN FERNSEHER UND KLAUT IHRE KOSTBARE KETTE!

ODER

MEINE OMA BETRÜGEN. ER TUT SO, ALS OB ER IHRE JUGENDLIEBE HARALD IST, UND WILL, DASS SIE IHM JETZT ALL IHR GELD SCHENKT. UND DIE KOSTBARE KETTE!

Zum Glück hatten wir unsere Walkie-Talkies dabei und ich hab mein **DIKTIERGERÄT** wieder angeschaltet. Flora und Marie haben mit Dschastin unten auf der Straße gewartet. Flora hat versprochen, dass **DSCHASTIN** sich auf den Meckermann stürzen wird, falls der abhauen will. Ida und ich sind dann dem Meckermann *hinterhergeschlichen*. Er ist aber nicht zur Tür von meiner **OMI**

gegangen, sondern höher, immer höher, bis fast ganz oben.

DANN HAT DER MECKERMANN SICH PLÖTZLICH UMGEDREHT UND UNS GESEHEN!

Deshalb mussten wir so tun, als ob wir auf den Dachboden wollen, und sind ganz locker an ihm vorbeigelaufen und haben uns zitternd oben auf der Treppe versteckt. Jetzt hat der **MECKERMANN** bei E. Winkler geklingelt!

»Garantiert wohnt da Erwin«, hat Ida geflüstert. Wir haben den Atem angehalten. Das war SO SPANNEND! Dann ging die Tür bei E. Winkler auf und in der Tür stand:

KONRAD, DER KOTZBROCKEN

KOTZBROCKEN-KONRAD steckt mit dem **MECKERMANN** unter einer Decke! Na, das hätte ich mir ja gleich denken können!

»Ist der Herr Winkler da, junger Mann?«, hat der **MECKERMANN** aber jetzt gefragt und dabei so **GEHEIMNISVOLL** seinen Klimper-Koffer geschlenkert.

Ida und ich haben uns angeguckt und lautlos gekichert. Kotzbrocken-Konrad → ein junger Mann, wie behämmert ist das denn! **HÖHÖHÖ!**

Der junge Mann hat aber nur gerufen: »Opa, hier is jemand mit nem Koffer!«

»Was ist denn nun?«, hat Floras Stimme auf einmal **LAUT** aus dem Walkie-Talkie geknarrt.

KOTZBROCKEN-KONRAD ist zusammengezuckt, hat blitzschnell in unsere Richtung geguckt und vor lauter SCHRECK ist Ida mitsamt dem Walkie-Talkie die Treppe runtergerutscht, das Walkie-Talkie ist ihr aus der Hand geflogen und genau vor Konrad und dem Meckermann gelandet. MIST!

Ich bin natürlich gleich hinterher, um ihr zu helfen.

»Das kann da aber nicht liegen bleiben«, hat der Meckermann sofort ganz streng zu uns gesagt und auf das Walkie-Talkie gezeigt.

»Das ist ein Treppenhaus und kein Mülleimer! Das wisst ihr hoffentlich.«

KOTZBROCKEN-KONRAD hat nur die Augen aufgerissen und in dem Moment kam ein dicker alter Mann mit blauen Hosenträgern zur Tür und hat den Meckermann UMARMT.

BRINGE NEUE BIERKRÜGE für deine SAMMLUNG, ERWIN! VOM Feinsten!

Joa, Mensch! KLASSE!

Und dann hat er seinen Koffer aufgemacht und einen STRUNZ-HÄSSLICHEN BIERKRUG herausgeholt. Nur BLÖDE Bierkrüge hatte der Meckermann also in der Tasche!!! Keine Handschellen, kein Gold, kein Silber.

MANN, WIE PEINLICH

Da standen wir echt ein bisschen DOOF da. Der Opa von Konrad hat dann einen HOSENTRÄGER schnipsen lassen und zu uns geguckt und gesagt:

»Wollen deine kleinen Freundinnen vielleicht reinkommen, Konrad?«

Da sind wir GANZ schnell die Treppen runtergerannt, aber auf einmal guckte Konrads Kopf oben übers GE-LÄNDER. Er hat voll FIES gegrinst und dann fiel plötzlich etwas total EKLIGES auf meinen Kopf. Kotzbrocken-Konrad hat gelacht und Ida hat schnell auf meinen Kopf geguckt. Es war ein Kaugummi

⇒ FRISCH AUS KOTZBROCKEN-KONRADS MUND GESPUCKT!

Und das klebte jetzt in meinen schönen Haaren! Iiiiiiiih! Er ist echt der fieseste BLÖDHEINI der ganzen Schule!

WAR DAS DENN?!

Ida hat versucht, das KAUGUMMI herauszupulen, aber es hat sich immer mehr in meinen Haaren verheddert.

»Wo sind denn deine kleinen Freundinnen auf einmal hin?«, hat der Opa von Konrad oben im TREPPENHAUS gefragt.

IDA UND ICH HABEN UNS VOLLER **HORROR** ANGEGUCKT.

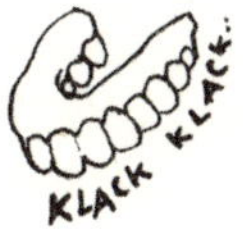

Damit KONRAD uns nicht verfolgt, haben wir schnell bei Oma GEKLINGELT, die hat sich super gefreut. Ich hab ihr vom Rummel erzählt und sie hat gesagt, sie würde auch gern hingehen, aber ihr wird auf dem RIESENRAD übel und bei gebrannten Mandeln wird ihr GEBISS nur locker. Und außerdem kommt gleich »Verbotene Liebe« im Fernsehen und das darf sie nicht verpassen. Und dann hat OMA in ihre Geldbörse gegriffen und mir ein paar Scheine gereicht.

Oma hat auch gleich das Kaugummi rausgemacht, die kann so was. Mit Butter, da ist das Kaugummi so FLUPPP rausgeflutscht. → Meine Oma ist echt die Beste.

DANN LASST MAL AUF DEM Rummel DIE SAU RAUS!

↳ Man ist nur einmal jung!

Da hab ich mich TOTAL gefreut. Meine Oma ist WIRKLICH einfach DIE BESTE!!!

IDA HAT SICH TOTAL DOLL MITGEFREUT UND FLORA UND MARIE AUCH, ALS WIR WIEDERKAMEN.

Auf den RUMMEL zu gehen, war ja sowieso besser, als den doofen Meckermann mit seinen zwei Haaren und ollen BIERKRÜGEN zu verfolgen.
»Wie viel Geld hast du denn bekommen?«, wollte Marie wissen.

* Ich hab es schnell gezählt *

UIII! DA HAB ICH EINEN FREU-SCHRECK BEKOMMEN!

Oma hat mir **FÜNFUNDSECHZIG** Euro geschenkt!!!
»Boah, deine Oma ist ja SUPERCOOL«, hat Ida gesagt. »Meine gibt mir immer nur einen Euro für ein Eis!«

Ich glaube eher, Oma hat nicht richtig HINGEGUCKT. Aber andererseits hat sie ja gesagt:

»Lasst die Sau raus, Kinder!«

Dann müssen wir das ja auch tun, sonst ist sie traurig. ODER? ⇨ Mann, wie schwierig.
»Wir sind nur einmal jung«, hab ich dann entschieden und die anderen haben genickt. Wir konnten ja für Oma auf dem Rummel einen schönen PLÜSCHTIGER gewinnen oder so.

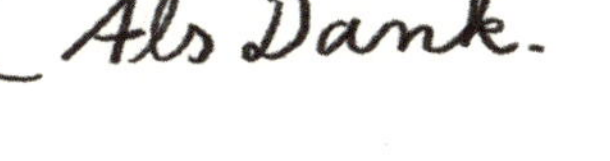

Als Dank.

KAPITEL 2 AUF DEM RUMMEL

Es ist so total unglaublich herrlich hier, dass wir alle vor Glück ein bisschen gequietscht/gebellt haben!

Ich hab Omas vieles Geld in meine GELDBÖRSE getan. ⇨ DIE GING KAUM ZU, WEIL SIE GAR NICHT FÜR SOLCHEN REICHTUM GEMACHT IST. Ida hat gesagt, sie könnte auch ein paar Scheine für mich einstecken, aber da hab ich **Nein** gesagt. Man weiß ja nie – dann klaut jemand Ida das Geld oder sie verliert es und was ist dann? Ich meine ja nur. Ida war ein bisschen eingeschnappt, aber als wir dann auf dem Rummel ankamen, hat sie alles vergessen.

WIR HABEN ALLE ALLES VERGESSEN, denn es war SOOOOO toll!

Was es auf dem Rummel alles gab:

Eine megatolle Achterbahn. Der **MONSTER TURBO SHOOTER**. Der war mindestens fünf Kilometer lang. Mindestens. Da war nur leider eine blöde Schlange davor. Wie doof. Warum gehen die Leute nicht woandershin? Zum Beispiel zum:

GEISTERSCHLOSS.

Da kamen ganz gruselige, eklige Geräusche heraus. Hauptsächlich Schreien und Kreischen. Flora hat gesagt, da geht sie nie im Leben rein. Marie hat gesagt, sie hält Floras Hand, wenn sie will. Marie ist so mutig!!!

Eine **SCHIESSBUDE** und eine Bude zum **DOSENWERFEN** mit doofen Preisen und eine Losbude mit wahnsinnig kostbaren Preisen. Da gab es ein Handy und sogar einen kleinen Fernseher zu gewinnen! Mann, wie würde Oma sich über den kleinen Fernseher freuen. Den könnte sie ins Bad stellen und dann immer ihre Lieblingssendung in der Wanne gucken. So praktisch. Den müssen wir für sie gewinnen!!!

Und ein Ding namens

ADRENALIN PUR.

Das war superhoch und hat die Leute GANZ GEFÄHRLICH durch die Luft geschwungen. Schon vom Zugucken ist einem total schwummerig geworden. Einige Leute, die da rauskamen, waren ganz WEISS und haben gebrochen. Toll!

Außerdem gab es noch ein RIESENRAD. Da saßen aber sogar Babys drin. Da wollten wir natürlich nicht hin. Und dann noch Buden mit LECKEREN SACHEN oder riesigen Ballons. Und Babykarussells und PONYS und so. Und eine Wahrsagerin. **IN ECHT!!**

DAS KLANG **AUFREGEND!**

Madame Cherie hatte aber ganz viele Warzen an den Händen. Und dann würde sie einen beim WAHR-SAGEN bestimmt mit ihren WARZENHÄNDEN anfassen. Und vielleicht aus Versehen mit den Warzen berühren.

ÖRKS. ALSO DA WOLLTEN WIR UNSERE ZUKUNFT LIEBER DOCH NICHT WISSEN.

Und dann gab es noch
einen total süßen kleinen Affen,
der bei einem Maler saß.
Er hatte eine kleine karierte Jacke an!
Ach, wie war der süß!
So süß!

→ Der Affe. Nicht der Maler!

★ Fast süßer als Dschastin. Aber nur fast. ★

Ich habe uns als Erstes alle zu einer **Riesenportion ZUCKERWATTE** eingeladen.

⇨ Ich hatte ja die SPENDIERHOSEN* an.

* So heißt das, wenn man für andere mitbezahlt. Sagt Mama immer. Wenn man zum Beispiel mehr Geld als seine Freundinnen hat und sie dann mit seinem Geld glücklich macht. Ich hatte zwar nur normale Jeans an, aber meine Freundinnen waren trotzdem sehr, sehr glücklich!

Spendierhosen

Die **ZUCKERWATTE** war total lecker. Ich hatte blau, Ida und Marie hatten weiß und Flora hatte rosa. Dschastin hatte ein bisschen was von allen, aber es hat ihm nicht geschmeckt.

ICH GLAUBE, ER WOLLTE LIEBER EINEN HOTDOG.

Flora hat dann mit ihrem neuen pinken Handy ein Foto von uns allen gemacht.

[FLORA HAT ALLES! ABER SIE TEILT ES JETZT MIT UNS.]

DAS FOTO WOLLTEN WIR DANN SPÄTER OMA ZEIGEN, DAMIT SIE SEHEN KONNTE, WIE WIR DIE SAU MIT IHREM GELD RAUSGELASSEN HABEN.

Dann haben wir auf einmal etwas total Verdächtiges gesehen. Da war so ein Mann, der hat sich hinter einer Schießbude VERKLEIDET. Und zwar als Polizist! Erst hatte er nämlich nur Hose und Hemd an und dann hat er auf einmal eine Polizeijacke angezogen. Und sich die Haare gekämmt. ⇒ Ganz lange, noch länger als Flora sich immer kämmt! Außerdem hat er noch einen TASCHENSPIEGEL herausgeholt und hineingelächelt. Auch ganz lange. Ida meinte, er hat garantiert ein falsches Lächeln eingeübt, damit er das Vertrauen ahnungsloser Leute erschleichen kann!

⇒ **ABER WOZU?**

Das wussten wir leider auch nicht und Flora und Marie wollten jetzt auch nicht den Polizisten OBSERVIEREN ▶ DAS HEIẞT »BEOBACHTEN«, sondern lieber endlich

MONSTER TURBO Shooter

fahren. Flora hat den Verdächtigen also nur schnell fotografiert [FÜR ALLE FÄLLE] und dann haben wir uns beim MONSTER TURBO Shooter angestellt. Die Leute haben da alle geschoben und gedrängelt und dann hat sich meine Zuckerwatte irgendwie mit den Haaren von der Frau vor mir vermischt. Ich konnte gar nichts dafür.

DAS WAR WIE MAGNETISCH.

Die Frau hat sich so sehr aufgeregt, dass sie ganz FEUERROT im Gesicht wurde. Ich hab ihr freundlich geraten,

dass sie sich ein bisschen Butter in die Haare schmieren soll, weil dann die Zuckerwatte garantiert rausgeht.

Ist ja so ähnlich wie Kaugummi
[denk ich mal]

ABER DIE FRAU WOLLTE DAVON NICHTS WISSEN.

Wohl auch noch frech werden, **Frollein**?!

UNVERSCHÄMTHEIT!

Dabei sah die Frau jetzt eigentlich viel schöner aus als vorher. **VIEL BUNTER.**

Die Frau wollte dann wissen, wie ich heiße und wo ich wohne, damit sie die FRISEUR-RECHNUNG für ihre schöne Frisur an meine Eltern schicken kann.

DAS HABEN WIR IHR NATÜRLICH NICHT VERRATEN.

Aber da hat auf einmal eine Stimme von weiter hinten gesagt:

»Die heißt *Penny Pepper*,
die wohnt in der Humbertstraße 32.
Wollen Sie auch die Telefonnummer?«

Das waren Jette und Leonie und Ivi aus unserer Parallel-klasse. DIESE BLÖDEN ZICKEN.

DIE HABEN UNS FIES ANGEGRINST.

Die aus der Parallelklasse SIND EBEN alle DOOF!

:(

[SOGAR SAUDOOF!!!]

!!! Warum die aus der PARALLELKLASSE SOOOOOOOWASVON doof sind: !!!

1. Sie haben ein größeres Klassenzimmer. Und da haben sie seit Neuestem eine »Tschill-aut-Ecke«. Mit Kissen und so. Da liegen sie alle rum, wenn sie keine Lust mehr haben, still zu sitzen. DAS IST SO GEMEIN! Wir haben nur harte Stühle!

2. Sie waren letztes Jahr auf der Klassenfahrt auf einer Burg und da wurde gerade ein Dokumentarfilm gedreht. Und da kam DIE GANZE PARALLELKLASSE ins Fernsehen! Mann, wie die da angegeben haben. Marie meinte aber, das hat sowieso kein Mensch gesehen. [Außer meiner Oma. Die hat es leider gesehen. Und schön gefunden.]

3. Die Mädchen aus der Parallelklasse haben eine Band gegründet. »Die Kittycats«.

Jetzt erzählen sie überall, dass sie berühmt werden. Nur weil Jette ein bisschen auf der Gitarre kratzt und Leonie auf dem Schlagzeug von ihrem Bruder rumhaut. Pah! Und dann singt auch noch Ivi dazu mit ihrer Piepsstimme. Nie im Leben werden die berühmt.

4. Immer wenn wir in der Schule Sportfest machen, gewinnt die Parallelklasse. Das ist doch nicht normal. Ich ~~sage~~ flüstere nur ein Wort:

→ **DOPING!***

* Doping heißt es, wenn goldgierige, doofe Sportler [Z. B. SOLCHE WIE DIE AUS DER PARALLELKLASSE] heimlich Pillen schlucken, damit sie höher und weiter springen und schneller rennen und radeln und schwimmen können als ehrliche, gutmütige, nette, hübsche und kluge Sportler [ZUM BEISPIEL SOLCHE WIE WIR]. Ganz fies und gemein ist das. Aber wenn sie dann erwischt werden, dann schämen sie sich. Aber so was von.
⇨ Oder tun jedenfalls so.

Das GUTE war aber, dass die Frau mit der Zuckerwatte in den Haaren sich meinen Namen und meine Adresse sowieso nicht merken konnte.

»PEPPY HUMBERT, PENNERSTRASSE 23. DU WIRST VON MIR HÖREN, FRÄULEIN!«

Sie ist dann ganz wütend gegangen
und so waren wir eher beim

MONSTER TURBO *Shooter*

dran. **HA!** Und der Monster Turbo Shooter war so wahnsinnig **TOLL**!!! Wir haben **GANZ** laut gekreischt und unsere Arme nach hinten geschmissen.

Da saust man besser und alles wird im Bauch durchgeschüttelt!

Dann haben wir Dschastin gewunken, der saß unten und hat sich gewundert. Dann hab ich auch von oben meinen Bruder Tim entdeckt.

[Er hat gerade versucht, Zuckerwatte zu essen, aber die Zuckerwatte ist in seiner Zahnspange hängen geblieben, und Tim sah aus, als ob er blauen Rasierschaum vor dem Mund hat.]

»SCHMECKT'S?«

hab ich gerufen, als wir unten an ihm vorbeigesaust sind.

TSCHAKKA!!

Und als wir
wieder oben waren,
haben wir auch Jette und Leonie und Ivi wie wild zugewunken. ⇨ Damit sie sich ärgern.
Denn die standen immer noch ganz weit hinten in der Schlange. NOCH MAL TSCHAKKA!
Irgendwann war aber auch die tollste **MONSTER-TURBO-FAHRT** vorbei und wir mussten uns erst mal wieder ENTSCHÜTTELN und ENTSCHWINDELN.

Und deshalb sind wir wieder bei dem MALER mit dem kleinen, *süßen* Affen stehen geblieben.

DER MALER HAT GERADE DIE TOCHTER VON BLUTBACHS AUS UNSEREM HAUS GEMALT.

Sie sah auf dem BILD aber 10000 × schöner aus als in echt. Wie eine PRINZESSIN
IN ECHT SIEHT SIE MEHR AUS WIE EIN HAMSTER.
SAGT MEIN BRUDER TIM!
tadaaa!
OH MEIN GOTT!
Sie haben meine Tochter perfekt getroffen!

»Wir wollen uns auch malen lassen«,
hat Marie zu dem Maler gesagt.

ICH BIN JA GLEICH ERSCHROCKEN.
MANN, DAS WAR BESTIMMT ÜBELST TEUER!

Aber der Mann hat uns sowieso **ignoriert***.
Ich glaube, der kann Kinder nicht leiden.

* Ignorieren ist, wenn man so tut, als ob man jemanden nicht sieht oder hört. Obwohl man denjenigen natürlich wohl sieht und hört. Man starrt einfach durch denjenigen durch wie durch Luft. Ignorieren ist gemein. Oder nützlich, je nachdem. Wenn man zum Beispiel Kotzbrocken-Konrad ignoriert, ist es was Gutes.

Wir haben **TROTZDEM** ein bisschen zugeguckt und Ida wollte dann den Affen streicheln und **DSCHASTIN** wollte mit dem Affen spielen. Aber der Maler-Mann war total **DOOF**.

Hihi. Dieses **Diktiergerät**! Das hatte ich ja gar nicht wieder ausgeschaltet. Und jetzt versteht Flora bestimmt, warum ich kein NEUES will!

Da hat der Maler uns **nicht mehr** ignoriert, sondern ist puterrot angelaufen.

Da sind wir EIS ESSEN gegangen und dann sind wir noch eine Runde MONSTER TURBO Shooter gefahren.

wohoOOOOO!!!!
UND ALS
WIR NOCH EINE
DRITTE RUNDE
FAHREN WOLLTEN, WURDE MIR
VOR SCHRECK AUF EINMAL
GANZ KALT IM BAUCH!!!!!

KAPITEL 3

ES IST ETWAS GANZ FURCHTBARES PASSIERT!

Erst mir. Dann meinen Freunden. Und dann sogar meinen Feinden!

MEINE GELDBÖRSE WAR WEG!

Mit dem ganzen Geld von Oma drin!!! Ich hatte Omas kostbares Geld verloren! :(Und alles, was sonst noch drin war.

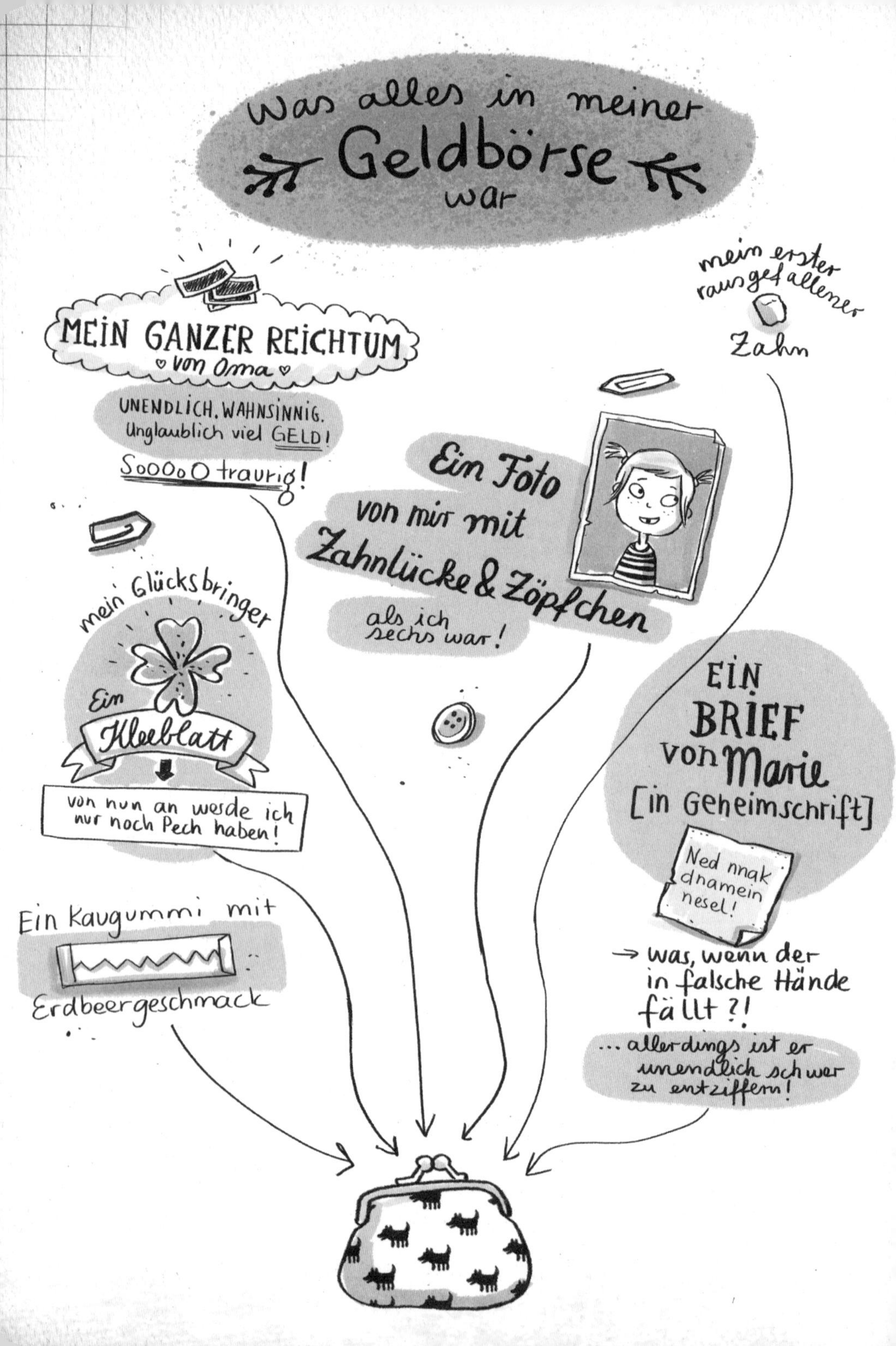
Was alles in meiner Geldbörse war
MEIN GANZER REICHTUM
von Oma
UNENDLICH. WAHNSINNIG. Unglaublich viel GELD!
Sooooo traurig!
mein Glücksbringer
Ein Kleeblatt
von nun an werde ich nur noch Pech haben!
Ein Kaugummi mit Erdbeergeschmack
Ein Foto von mir mit Zahnlücke & Zöpfchen
als ich sechs war!
mein erster rausgefallener Zahn
EIN BRIEF von Marie
[in Geheimschrift]
Ned nnak dnamein nesel!
→ was, wenn der in falsche Hände fällt?!
... allerdings ist er unendlich schwer zu entziffern!

VOR LAUTER SCHRECK HAB ICH ANGEFANGEN ZU ZITTERN.

Ida, Marie und Flora haben mich getröstet und gesagt, dass wir die **GELDBÖRSE** schon finden werden. Flora meinte, sie hat ja ZUM GLÜCK kleine Hunde drauf und ist leichter zu sehen, als wenn sie zum Beispiel **GRAU** wäre oder so. Flora ist eigentlich auch ziemlich clever.

→ Fast wie Marie.

WIR HABEN DANN ÜBERALL GEGUCKT, WO WIR VORHER WAREN:

- BEIM EIS
- BEI DER ZUCKERWATTE
- BEIM MONSTER TURBO SHOOTER
- BEI DEM AFFEN

Wir haben sogar den unfreundlichen MALER-MANN gefragt, ob er meine **GELDBÖRSE** gesehen hat, aber der hat jetzt gerade die Blutbach-Mutter aus unserem Haus gemalt und uns wieder ignoriert.

WIR HABEN meine Geldbörse ABER NICHT GEFUNDEN.

ES WAR SO TRAURIG UND SCHRECKLICH UND KACKE

Ohne Geld ist der Rummel DOOF. Lasst uns nach Hause gehen …

Ida hat gesagt, ich könnte doch meinen Bruder Tim fragen, ob er mir was borgt. Aber der würde nur lachen.

⇨ Und dann sagen, dass ich das Geld von Oma sowieso mit ihm hätte teilen müssen und dass ich ihm zweiunddreißig Euro und fünfzig Cent schulde. Nämlich die Hälfte von 65 Euro.

Da hat Flora gesagt, sie ruft jetzt ihre **reiche** Familie an und ihr Papa gibt ihr bestimmt Geld. Er arbeitet nämlich ganz in der Nähe.

Aber als Flora ihr HANDY rausholen wollte, wurde es uns jetzt allen ganz KALT IM BAUCH!!!

FLORAS Handy WAR WEG!

Oh nein!!!

Flora hatte ihr Handy **AUCH** verloren!

Flora hat sofort angefangen zu weinen und das ALLER-SCHLIMMSTE war, dass jetzt Jette und Leonie und

Ivi vorbeigekommen sind. Und fies gelacht haben. Und dann haben sie **NOCH FIESER** gesungen!

Um Flora zu trösten, haben wir dann von dem letzten Euro, den wir noch hatten *er war in Maries Hosentasche, das hat sie erst gemerkt, als sie Flora ein Taschentuch geben wollte* ein Los gekauft. Denn dort konnte man ja sogar ein Handy gewinnen. Es war zwar nicht ROSA, sondern **GRAU.**

und auch kein Ei-fon, wie das von Flora, sondern ein kastenförmiges **großes**, aber besser als nichts.

IN DER NOT FRISST DER Teufel FLIEGEN

Sagt meine Omi immer!

Oma wird auch bestimmt verstehen, dass wir lieber das HANDY gewinnen mussten als den kleinen Fernseher. Ida hat also GANZ, GANZ *vorsichtig* das Los ausgewählt, damit es auch ja das GEWINNERLOS ist. Aber dann ist sie ausgerutscht, weil sie auf eine zermatschte Orange getreten ist, und hat ein Los runtergeschmissen und das MUSSTEN wir dann nehmen.

→ GEMEIN!!

Und deshalb haben wir das HANDY dann nicht gewonnen. DAS WAR SO SCHADE.

ABER DAFÜR HABEN WIR WAS ANDERES GEWONNEN

einen winzig kleinen Cowboyhut!

Der hat aber keinem von uns gepasst, da haben wir ihn **DSCHASTIN** aufgesetzt, der sah so süß damit aus! Dschastin wollte den Cowboyhut nicht, ich glaube, er wollte lieber COWBOYSTIEFEL.

Damit hätte er wenigstens etwas anfangen (= zerkauen) können.

Er hat vor ÄRGER wie wild gebellt, ganz laut. Aber noch lauter war das Geschrei von zwei Leuten, die sich angemeckert haben beim Dosenwerfen. Ich hab ja nicht schlecht gestaunt.

DAS WAR HERR KLUMPE VON NEBENAN MIT SEINER FRAU!

Herr Klumpe hat gerade seine Frau angeblafft. Aber seine Frau hat sich das __nicht__ gefallen lassen. Sie hat gleich zurückgemeckert.

Da hat Herr Klumpe ganz verwirrt an sich heruntergeguckt, wo jetzt nämlich KEINE Uhr am Handgelenk mehr war, und dann hat er gar nichts mehr gesagt.

Nur so nach Luft geschnappt wie ein Fisch ohne Wasser und geröchelt.

Da haben wir uns gefreut, dass Erwachsene auch mal was verlieren und nicht immer nur Kinder.

Aber kaufen konnten wir uns davon auch nichts mehr und so sind wir *ganz langsam* Richtung Ausgang geschlichen. ⇒ ES WAR SO TRAURIG!
Am Ausgang, gleich neben der Pommesbude, waren schon wieder die Doofen aus der Parallelklasse. Aber diesmal haben sie uns nicht ausgelacht. Sie haben uns nicht mal BEMERKT. Sie haben sich nämlich AUCH gestritten. Alle drei!

AUF DEM RUMMEL WAREN DIESES JAHR ECHT IRGENDWIE VIELE STREITHAMMEL. KOMISCH.

Leonie hat total rumgejammert. »Manno, mein ganzes Geld ist weg. Ich hatte noch über zehn Euro!«
Und Ivi sah **total** sauer aus! Sonst grinst sie nämlich immer so zuckersüßlich, aber in diesem Moment nicht. Jetzt war ihr Gesicht mehr zitronig. Und sie hat gesagt: »Du hast wenigstens nur zehn Euro verloren. Das

ist ja wohl gar nichts. Ich hab zwanzig Euro verloren. So eine Kacke!« Und dann hat Ivi tatsächlich angefangen zu heulen.

DAS HATTEN WIR NOCH NIE ZUVOR GESEHEN.
ES SAH FAST SCHÖN AUS.

Ida hat GEKICHERT und wollte gerade

HEULSUSE, HEULSUSE!

NA NA NA NA NAAA NAAA!

singen, aber Marie hat ihr ganz schnell den Mund zugehalten und »SCHT!« gemacht. Dann hat Marie die Stirn gerunzelt und nachgedacht.

Die drei aus der Parallelklasse haben uns aber sowieso nicht bemerkt. Jette hat gerade mit den Augen gerollt und gesagt: »Meine Güte, wie könnt ihr nur so blöd sein und *beide* gleichzeitig euer Geld verlieren?!«

Dann hat sie in ihre Tasche gegriffen und auf einmal ganz erschrocken gequiekt:

Mein Handy IST WEG!!

Und dann hat sie gejammert, dass ihre Eltern wegen dem HANDY ganz doll meckern werden, weil das so teuer gewesen ist, und dass ihre Mama sie immer jede Stunde anruft, und wie sie NOCH MEHR UND NOCH SCHLIMMER meckern wird, wenn Jette da nicht rangeht!

Da haben Marie, Ida, Flora und ich uns angeguckt und GLEICHZEITIG gesagt: »Die haben auch ihr Geld und Handy verloren?«

Und Marie hat geflüstert: »Jetzt wird mir einiges klar!«

WAS UNS AUF EINMAL KLAR WURDE:

- Die aus der **Parallelklasse** haben gleichzeitig was verloren. Geld und Handy. Genau wie bei uns und wie bei den Klumpes.
- Das ist kein Zufall! Niemals!
- Aber was ist es dann??
- Flora glaubt, jemand klaut auf dem Rummel! Aber wer? Marie glaubt, es ist ein Taschendieb!!!
- Ida glaubt, der Taschendieb hat sich verkleidet, damit ihn niemand erkennt!
- Ich glaube, sie haben alle drei recht. Auf dem Rummel geht ein Taschendieb rum und treibt sein Unwesen*!

* Sein Unwesen treiben – wenn jemand gemeines, fieses Zeug macht, Heimlich. Und ein bisschen unheimlich, weil ja niemand weiß, wer es ist. Es könnte ja zum Beispiel auch ein Geist sein!!! Der gern mit Handys rumspielt!

DA BIN ICH AUF EINMAL GANZ, GANZ WÜTEND GEWORDEN!

Omas schönes Geld lasse ich mir nämlich von niemandem klauen! Dieser **TASCHENDIEB** SPINNT wohl! Und dann ist mir ja überhaupt wieder eingefallen, dass wir doch DETEKTIVINNEN sind.

Mann!

Vor lauter **MONSTER TURBO SHOOTER** und Eis und den blöden Zicken aus der Parallelklasse hatten wir das ja fast vergessen!!!

UN ?!

ABER NICHT MIT UNS, HERR ODER FRAU TASCHENDIEB!

WIR SIND SCHLIESSLICH DETEKTIVE!

Die anderen meinten das auch und Ida hat gesagt, wir sind ja die Späzialialisten ... Schpezschialisten ... Spätzlelisten ... also wir sind halt die Besten!

Und deshalb haben wir uns gleich auch wieder als **DETEKTIVBANDE** an den **HÄNDEN** gefasst und haben gesagt:

Bei allen sieben Winden, den Dieb werden wir finden!

Das ist unser **DETEKTIVBANDEN-SPRUCH**. Er ist toll.
⇨ Hab ich mir ja auch ausgedacht. Also fast.
Dschastin hat ganz laut gebellt, er wollte mit dabei sein! Und da haben wir auch Dschastins Pfote mit angefasst und den Spruch noch mal aufgesagt. Denn Dschastin ist ja unser super Spürhund!

Auch, wenn er ein bisschen einen dämlichen Namen hat. Aber dafür kann er ja nichts

KAPITEL

4 DIE JAGD BEGINNT!

Also gleich. Wenn Ida sich eine Verkleidung ausgedacht und Flora den kaputten alten Gummistiefel aus Dschastins Maul gezerrt hat.

Wir haben dann alle überlegt, ob wir jemand gesehen haben, der VERKLEIDET war. Dann aber meinte Flora, das wäre eine total behämmerte Idee, denn eine Verkleidung ist ja dazu da, dass man denjenigen eben gerade **NICHT** erkennt. → Das stimmt allerdings.

DAS HÄTTE MIR JA AUCH EINFALLEN KÖNNEN. WARUM FÄLLT MIR SO WAS NICHT EIN? ICH MEINE, DIE DETEKTIVBANDE WAR DOCH MEINE IDEE!

Ida ist dann aber *doch* jemand eingefallen, der seltsam verkleidet war. »Der falsche Polizist!«

Ida hat echt ein super-prima Gedächtnis, wenn es um Verkleidungen geht. Und der Polizist hat ja außerdem

vor dem Spiegel sein HINTERLISTIGES Lächeln geübt.

TOTAL VERDÄCHTIG !!!

Polizisten lächeln nämlich normal nie. Die machen immer nur so einen strengen Bleistiftmund.

Aber der Polizist war nirgends zu sehen. Da ist Ida ZUM GLÜCK *noch* jemand eingefallen, der auch verkleidet war:

Madame Cherie

Aber Marie meinte, dass Madame Cherie es nicht nötig hat, Leute zu beklauen.

Sie kennt ja die Zukunft und kann ganz einfach Lotto spielen, weil sie ja die Gewinnzahlen kennt. Da braucht sie keine Geldbörsen oder Handys von kleinen Mädchen.

MANN, HAT MADAME CHERIE ES GUT!

Ich verstehe zwar nicht, warum Madame Cherie in einem Zelt auf dem Rummel sitzt, wenn sie doch mit ihrem ganzen Geld auf HAWAII am Strand liegen könnte, aber vielleicht macht es ihr ja Spaß, den Leuten die Zukunft vorherzusagen?

Marie meinte dann, wenn *Madame Cherie* die Zukunft kennt, dann weiß sie auch, wer der Taschendieb ist, weil sie ja sieht, wie wir ihn in der Zukunft fangen.

GENIAL!

Marie gewinnt bestimmt irgendwann einen Preis fürs beste Gehirn!

WIR MUSSTEN
ALSO NUR

Madame Cherie

FRAGEN UND FERTIG.

Aber Flora hat den Plan gleich wieder abgeschmettert. »Wir haben kein Geld für Madame Cherie, schon vergessen?«

SCH...! DAS STIMMTE LEIDER.

Doch da hatte ich eine super Idee. »Ich hab's!«

Ich hatte nämlich die Idee, dass wir einfach AUCH ein paar Leuten die Zukunft voraussagen. So schwer kann das ja nicht sein. Und so verdienen wir Geld und damit

gehen wir dann zur echten ★Madame Cherie★ und erfahren von ihr, wer der Taschendieb ist, den wir dann später fangen werden! GENIAL!
Ida war TOTAL begeistert von meiner Idee. Sie wollte sich gleich so wie Madame Cherie verkleiden und hat sich schon ihr Tuch wie einen Turban um den Kopf gewickelt.

Ich hab aber gesagt, wir könnten einfach Madame Cherie BEOBACHTEN, damit wir wissen, wie sie das macht. Da waren alle einverstanden. Auch Dschastin. Er hat sofort begeistert gebellt. → So ein kluger kleiner Spürhund! Wir sind gleich zu Madame Cheries Zelt gelaufen. Sie saß davor, hatte GOLDENE Pantoffeln an und döste und las eine Fernsehzeitung. Das fand ich schon ein bisschen komisch. Sie kann ja in die Zukunft sehen und müsste eigentlich wissen, was nächste Woche im Fernsehen kommt, oder? Dann hat *Madame Cherie* eine Zigarette geraucht und den Stummel einfach weggeschnipst. Vor Madame Cheries Zelt lagen auch lauter matschige Apfelsinen rum. Und Erdnussschalen.

Madame Cherie hatte es irgendwie nicht so mit der Ordnung.

Bestimmt, weil sie wusste, dass es in der Zukunft sowieso gleich wieder unordentlich wird. Warum also Kraft verschwenden und aufräumen???

Wir haben uns dann schnell hinter dem Zelt versteckt, denn jetzt kam eine rothaarige Dame und wollte ihre Zukunft wissen. *Madame Cherie* ist mit ihr in ihr Zelt gegangen und wir haben uns von hinten rangeschlichen und durch ein LOCH in der Zeltplane hineingeguckt. »Ich will nur wissen, ob der Jürgen mich heiraten wird«, hat die Dame gesagt und ist vor AUFREGUNG so auf dem Stuhl hin und her geruckelt.

⇨ Wenn wir das in der Schule machen, ruft Frau Weinerlein, unsere Lehrerin, immer:

WER kippelt, SITZT GLEICH BEI MIR VORNE.

Madame Cherie hat aber nicht: »Kippel nicht, sonst sitzt du gleich bei mir vorn!« zu der Dame gesagt. Sie hat erst mal gar nichts gesagt. Sie hat immer nur so »Hmm, hmm, hmm« gemacht. Und die Hand von der Frau GANZ GENAU angeguckt, so wie Mama immer meine Hand anguckt, wenn sie kontrolliert, ob ich mir richtig die Hände gewaschen habe.

Weil die Bazillen sonst eine Party auf mir feiern. ⇨

WIE man HANDLINIEN liest:

→ um in die Zukunft zu sehen!

Man braucht:

1. SCHARFE AUGEN

2. EINE (SAUBERE) HAND, UM DARAUS ZU LESEN

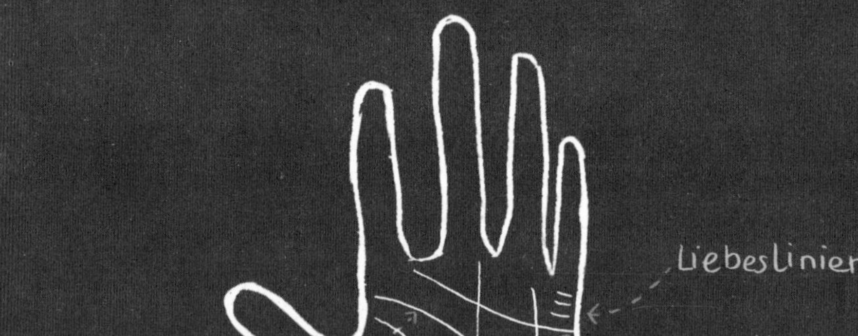

KOPFLINIE Zeigt, wie schlau man ist. Je länger ➦ je schlauer. Manche Leute haben nur eine pipi-kurze.

LEBENSLINIE Ist sie lang und tief, wird man ca. 100 Jahre alt. Wenn sie aussieht wie ein krüppeliger Zweig, dann eher nicht.

LIEBESLINIEN Zeigen, wie oft man sich verlieben wird. ★Wichtig zum Beispiel für Herrn Örtel, unseren Hausmeister. Der liebt ja jetzt unsere Klassenlehrerin★

HERZLINIE Wenn sie dick und kräftig ist, wird man jemanden heiraten, der auch dick und kräftig ist. Glaube ich zumindest…

SONNENLINIE Zeigt, ob man Glück im Leben hat und im Lotto gewinnen wird. Zeigt nicht an, ob es morgen regnen wird.

SCHICKSALSLINIE Da kann man voraussehen, ob einem bald ein Ziegelstein auf den Kopf fallen wird.

»Liebt der Jürgen etwa eine andere?«, hat die rothaarige Dame ängstlich geflüstert.

IN DIESEM MOMENT IST EIN DUNKLER SCHATTEN DURCH DAS ZELT GEHUSCHT! MANN, SIND WIR DA ERSCHROCKEN!

Die beiden im Zelt haben aber NICHTS gemerkt, obwohl **DSCHASTIN** leise geknurrt hat.
»Es gibt da gewisse Dinge«, hat Madame Cherie jetzt gemurmelt.

ER LIEBT JA DIE DICKE INGE!

hat mein Diktiergerät da ganz laut geplärrt und da hat die rothaarige Frau ganz laut geschluchzt.

Madame Cherie hat sich WÜTEND umgeguckt, und dann war da wieder der dunkle Schatten und in dem Moment hat Dschastin sich von uns losgerissen und ist durch das Zelt geschossen, um den dunklen Schatten zu jagen.

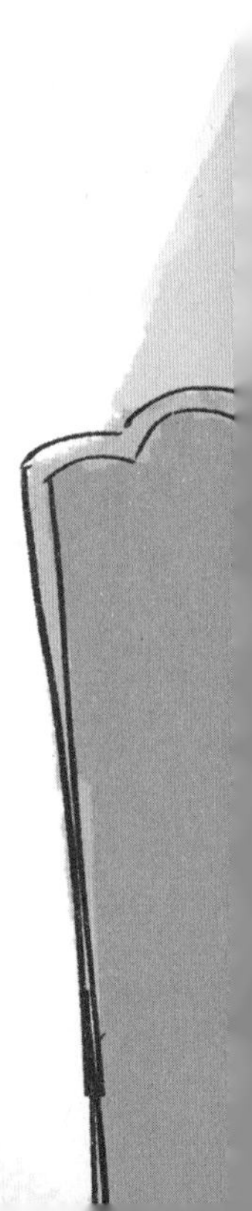

hm...
hmmmm...
hm..

Die rothaarige Frau hat gekreischt und Madame Cherie hat ihren TURBAN verloren.

Sie hatte GANZ kurze graue Haare darunter!

MEIN GEEEEELD!!!

»Jemand hat mein Geld gestohlen!«, hat Madame Cherie gerufen und Dschastin ist durch das Zelt gedüst wie ein VERRÜCKTER und Flora hat ihn gerufen, aber er hat nicht gehört.

»MEIN GELD IST WEG!«

Madame Cherie ist auch beklaut worden!

Und diesmal hatten wir den **TASCHENDIEB** sogar fast gesehen! Jedenfalls seinen Schatten! Das war so GRUSELIG, dass wir vor Schreck erst mal weggerannt sind. Dschastin kam uns hinterher, er hatte die goldenen Pantoffeln von Madame Cherie im Maul.

Marie hat dann *Madame Cherie* ihre Goldpantoffeln zurückgebracht.

Und sie hat gesagt, dass Madame Cherie auf einmal ganz traurig aussah und fast geweint hat ☹.

Wahrscheinlich hat sie doch gar nicht so viel Geld.

⇨ MERKWÜRDIG! WARUM SPIELT SIE DENN NICHT EINFACH LOTTO?

Mir ist dann etwas eingefallen, was DETEKTIVE und die Polizei immer machen. EIN PHANTOMBILD*.

[* Ein Phantombild ist ein Bild, wo jemand gemalt wird, den man gar nicht kennt. An den man sich nur erinnert. Meistens ein Verbrecher! Man beschreibt dann, dass er eine Glatze hatte oder eine schiefe Nase oder einen Schnurbart oder ein Vollmondgesicht oder so.
⇨ Und ein total begabter Mensch malt das dann auf!]

Dieser total begabte Mensch war jetzt ich. »Wie sah der Schatten eurer Meinung nach aus?«, hab ich meine Freundinnen gefragt und mein NOTIZBUCH und meinen BLEISTIFT gezückt.

WIE DER SCHATTEN AUSSAH:

Ida und Marie und Flora fanden aber, dass mein Bild dem Schatten ÜBERHAUPT nicht ähnlich sah.

JA MANN, DANN SOLLEN SIE ES BESSER MALEN!

Ich wollte gerade ein bisschen sauer werden, doch da hab ich jemanden gesehen.

UND AUF EINMAL WUSSTE ICH, WER HIER KLAUT!!!

Und ich habe gesagt: »Guckt mal, da!« Aber Ida hat in dem MOMENT auch »Guckt mal, da!« gesagt. Wir haben aber in VERSCHIEDENE RICHTUNGEN gezeigt. Ida hat auf ein küssendes Paar gezeigt. Örks! Es waren unsere Klassenlehrerin Frau Weinerlein und unser Hausmeister Herr ÖRTEL!

MANN, WIE PEINLICH WAR DAS DENN?!

Marie, Ida und Flora haben gleich losgekichert und die Augen verdreht und so schmatzende Kuss-Geräusche gemacht, aber ICH habe mich NICHT von küssenden Leuten ablenken lassen, sondern mich auf das **VERBRECHEN** konzentriert.

AUF DEN VERBRECHER, MEINE ICH.

Auf den ich gezeigt habe. Denn wer schlich da mit hinterlistigem Grinsen durch die Menge, huschte mal hierhin und mal dorthin und sah überhaupt TOTAL aus wie ein TASCHENDIEB?

NA?! GENAU!

KAPITEL

5 SO VIELE VERDÄCHTIGE!

Überall lungern hier heute die Verdächtigen herum. Zum Glück ist die beste Detektivin der Welt gerade auf dem Rummel!

Ich hab sofort zu den anderen gesagt, dass Konrad der Taschendieb ist. **Wer denn sonst?** Konrad hat ja schon am frühen Nachmittag damit angefangen, das **GELD** anderer Leute aufzuheben. Vom Geldaufheber bis zum **TASCHENDIEB** ist es nur ein klitzekleiner Schritt! Und heute Abend wälzt sich Konrad dann in seinem Reichtum und freut sich einen Keks!

Aber Marie und Flora meinten, es könnte ja auch jemand anderes sein. Ida meinte nur, dass sie jetzt echt langsam wieder **HUNGER** kriegt und noch eine Bratwurst vertragen könnte. **Ich habe gemeint, dass man bei so was am besten eine Liste macht:**

WER DER TASCHENDIEB SEIN KÖNNTE:

1. **KONRAD**. Absolut und sowieso. ➜ **Meine Idee!**
Da gibt es gar keinen Zweifel. Er ist quasi zum Taschendieb geboren. [Ich sage nur: sein Grinsen, seine Geldgier, sein verbrecherischer Charakter!]

⇨ **Alarmstufe: feuerrot!**

2. **DER FALSCHE POLIZIST** mit dem falschen Lächeln. ➜ **Idas Idee!** Warum sonst zieht er sich hinter einer Bude um? Und vor allem – warum starrt er so lange in den Taschenspiegel und lächelt sich selbst an? Vielleicht ist er ja in Wahrheit ein Verbrecher, der aus dem Gefängnis abgehauen ist? Und jetzt braucht er Geld und lächelt deshalb Leute an, und wenn er sie mit seinem falschen Lächeln hypnotisiert hat, dann zieht er ihnen das Geld aus der Tasche und sie merken es nicht!

⇨ **Alarmstufe: hellrot**

3. **DIE BLUTBACH-FAMILIE AUS MEINEM HAUS**. ➜ **Floras Idee!** Mutter und Tochter Blutbach. Das könnte sein. Woher sonst haben die so viel Geld, um endlos Bilder von sich malen zu lassen? Sonst haben die Blutbachs nämlich nie Geld und borgen sich immer Eier und Milch und so was von uns!

⇨ **Alarmstufe: orange**

4. **HERR ODER FRAU UNBEKANNT**. ➜ **Maries Idee!** Es könnte ja auch jemand sein, den wir NICHT kennen.

⇨ **Alarmstufe: gelblich**

Na gut. Jetzt hatten wir eine Liste von Verdächtigen, aber nicht einen Krümel an BEWEISEN. Hm.

Wir brauchen Beweise!

GENAU! Kotzbrocken-Konrad war ja unser ERSTER und DRINGENDSTER Verdächtiger. Ida fand jetzt auch im Nachhinein, dass der Schatten ein bisschen wie Kotzbrocken-Konrad ausgesehen hatte. → SO FINSTER UND FIES.

Wir haben also beschlossen, als Erstes Kotzbrocken-Konrad zu OBSERVIEREN ▸ DAS HEIẞT »BEOBACHTEN«, um Beweise zu sammeln oder ihn auf frischer Tat zu ertappen. Flora und Marie sind in die eine Richtung losgezogen, Ida und ich in die andere. Wir hatten ja unsere Walkie-Talkies dabei.

UND WENN EINER VON UNS KONRAD ENTDECKEN SOLLTE, WÜRDEN WIR DEN ANDEREN SOFORT BESCHEID SAGEN.

Wir sind also losgeschlichen, Ida und ich. Gern hätten wir uns noch ein bisschen verkleidet, also Ida zumindest, aber wir hatten ja nichts dabei. Ida meinte, wir sollten unsere Klamotten tauschen und KOTZBROCKEN-KONRAD damit verwirren. Ich weiß aber nicht, ob Kotzbrocken-Konrad vorher überhaupt gemerkt hat, wer was anhatte. → **Ich glaube nicht.**

Ich hab aber dann **TROTZDEM** Idas Jacke angezogen, was aber eine **BLÖDE** Idee war. Ida ist viel kleiner als ich und die Jacke war viel zu eng und aus so knubbeliger Wolle, die hat gekratzt, besonders am Hals. Und ich sah aus wie eine **PRESSWURST** damit.

»Guck mal«, hat Ida gesagt.
»**DSCHASTIN** will lieber zu uns.«

TATSACHE, DA KAM DSCHASTIN ANGERANNT.

Er hatte einen **blauen Turnschuh** im Maul, aber ich habe niemanden auf dem Rummel gesehen, der nur **EINEN** blauen Turnschuh anhatte, also konnte ich da auch nichts machen. Und Dschastin hat sich total gefreut, dass er endlich mal einen leckeren Schuh zu Ende kauen durfte. Und ich hab mich auch gefreut, denn erstens ist es toll, dass Dschastin mich jetzt genauso sehr wie Flora *liebt*, und zweitens ist es noch viel toller, mit einem **ECHTEN SPÜRHUND** auf Verbrecherfang zu gehen.

Allerdings müssten wir dazu den Verbrecher = KONRAD erst mal entdecken.

Ida und ich waren aber kaum zehn Meter weit gekommen, als Floras Stimme aus dem Walkie-Talkie knatterte:

FASST IHN! ... FASST IHN! ...

Mann, die hatten KOTZBROCKEN-KONRAD schon entdeckt und wollten, dass wir ihn verfolgen!

WIE SPANNEND!

»Wo denn?«, hab ich zurückgerufen, denn wir konnten KOTZBROCKEN-KONRAD nirgendwo sehen. Aber Flora hat immer nur wieder »FASST IHN ... FASST IHN ...« in das Walkie-Talkie gebrüllt. Ida hat mich angeguckt, ich hab Ida angeguckt und dann haben wir mit den Schultern gezuckt.

WIE SOLLTEN WIR DENN KOTZBROCKEN-KONRAD FASSEN, OHNE IHN ZU SEHEN?

»Habt ihr Dschastin?«, hat Flora plötzlich aus dem Walkie-Talkie gerufen. → Sie klang ganz weinerlich.

Wir haben JA gesagt und da ist Flora total WÜTEND geworden, dass wir ihr das nicht gleich gesagt haben, weil sie uns die ganze Zeit danach gefragt hat und gar nicht » FASST IHN ... FASST IHN ... «, sondern »DSCHASTIN! ... DSCHASTIN!« gerufen hat.

Ich wollte gerade fragen, woher der Mensch das wissen soll, als Ida »Da!« gejapst hat.

DA WAR KOTZBROCKEN-KONRAD!

Er **schlängelte** sich fies und aalglatt durch die Leute und hatte sein Haifisch-Grinsen im Gesicht.

»Ihm nach«, haben wir beide geflüstert und sind ihm hinterher. Kotzbrocken-Konrad ist wie ein Hase hin und her gerannt, mal dahin

mal dorthin.

Es war voll schwer, ihm zu folgen.

Außerdem wollte Dschastin immer rennen oder stehen bleiben

und schnüffeln. Und dann ist Kotzbrocken-Konrad plötzlich stehen geblieben und hat sich UMGEDREHT.

ICH GLAUBE, DER HATTE WAS GEMERKT.

Ida und ich haben uns sofort hinter einer großen Traube von LUFTBALLONS versteckt. In letzter Minute, denn der hat immer noch so argwöhnisch geguckt. Und dann ist Konrad der Kotzbrocken zur Losbude gegangen und hat den großen Plüschaffen dort angesehen.

UND GESTREICHELT!

Mit so sehnsüchtigem Blick! Ida und ich haben losgekichert, denn wer hätte das gedacht, dass KOTZBROCKEN-KONRAD noch mit Plüschaffen spielt? **Hahaha!**

DOCH IN DEM MOMENT

hat es auf einmal

übelst laut

GEKNALLT!

Und dann noch mal und noch mal und noch mal!

Dschastin hat angefangen, die Luftballons zu zerbeißen! Wir sind total ERSCHROCKEN und dann hat uns der Ballonverkäufer auch noch angemeckert und Dschastin hat gebellt, weil wir ihn von den Ballons weggezerrt haben, und dann konnten wir gerade noch sehen, wie KOTZBROCKEN-KONRAD in der Menge untergetaucht ist.

»He, und was ist mit Bezahlen?«

Da sind wir ganz schnell weggerannt, wir hatten ja kein Geld.

»Wir … müssen … den … anderen … Bescheid … sagen …«, hat Ida beim Laufen geschnauft und deshalb hab ich schnell Dschastin hochgehoben und getragen und in das **Walkie-Talkie** gerufen: **»ZUR ACHTERBAHN. DA GREIFEN WIR DEN LUMP!«**

»TIERQUÄLER!«, hat eine Frau uns ganz entsetzt hinterhergebrüllt und da sind wir noch schneller gelaufen, damit sie uns Dschastin nicht **wegnimmt**.

MANN, DIESES DIKTIERGERÄT KANN JETZT ECHT MAL SEINE KLAPPE HALTEN! ICH MUSS DAS NACHHER UNBEDINGT WIEDER AUSSCHALTEN!!

Wir haben dann gerade noch gesehen, wie KOTZBROCKEN-KONRAD in die Achterbahn eingestiegen ist. Wie doof, da konnten wir ja nicht hinterher, wir hatten ja kein Geld. Aber davor warten ging auch nicht, er sollte uns ja nicht sehen und außerdem waren Flora und Marie noch nicht da!

MIST, MIST, MIST!

Da sind Ida und ich einfach ein paar Schritte weitergegangen, damit Konrad uns nicht sieht.

»Na, macht schon, es geht los!«, hat auf einmal ein Mann zu uns gesagt und uns durch einen kleinen Zaun geschoben.

»HOPP, HOPP, einsteigen!«

Wir sind total erschrocken und schnell in so ein winziges FEUERWEHRAUTO eingestiegen. Da hat der Mann auf einen Knopf gedrückt und auf einmal haben wir uns im Kreis gedreht. Wir waren auf dem Babykarussell gelandet!

Ida wollte gleich wieder abspringen, aber da hat der Mann »Sitzen bleiben!« gebrüllt und da mussten wir wohl oder übel in unserem FEUERWEHRAUTO sitzen bleiben.

Jetzt haben wir auch das große Schild gesehen.

Auf dem Karussell waren nur winzige Kinder, keins älter als zwei Jahre. Und es war langsam wie eine SCHNECKE, trotzdem haben die Babys alle geheult und geschrien.

UND DANN NOCH DIESE BLÖDE MUSIK!

Dumdideldum, dumdideldum,
Purzel fährt im Kreise herum
dumdideldum, dumdideldum,
Purzel fährt im Kreise herum …

Und gerade, als ich dachte, es könnte NICHT MEHR SCHLIMMER werden, hab ich gesehen, wer da vor der Achterbahn anstand und zu uns rüberguckte. Jette, Ivi und Leonie. Und dazu noch ein paar Jungs aus der doofen Parallelklasse.

⇨ Mann, war das peinlich! Sie haben mit dem Finger auf uns gezeigt und GANZ laut gelacht.

Und ich hatte ja auch immer noch die knubbelige Presswurstjacke an! Ich bin bald gestorben.

Aber immer wenn wir von dem Kinderkarussell runterwollten, hat der Mann gebrüllt: **»Sitzen bleiben!«**

Mittlerweile war die Achterbahnfahrt zu Ende und Kotzbrocken-Konrad ist ausgestiegen und weggegangen und wir saßen auf diesem *dusseligen* Karussell fest!

Diese Babyfahrt ging irgendwie nie zu Ende, wir sind MINDESTENS siebzig Mal an den

Doofen aus der Parallelklasse vorbeigeschlichen!

»TATÜTATA, DIE FEUERWEHR IST DA!!«

hat einer von denen gerufen und ein Foto von uns gemacht und dann haben sie WIEDER alle gelacht. Endlich hat das **DING** angehalten und wir konnten runter und jetzt kamen endlich auch Flora und Marie. Leider zu spät, um Kotzbrocken-Konrad zu verfolgen.

DSCHASTIN!

Wo ist Konrad?!?

Tja, Konrad. Den hatten wir verloren. **Unsere Ehre übrigens auch.** Denn als wir an denen aus der Parallelklasse vorbeilaufen mussten, haben sie wieder »TATÜTATA, DIE FEUERWEHR IST DA!« gerufen!

Ich war **TOTAL** wütend und wäre am liebsten nach Hause gegangen. Echt. Und das wäre ich wohl auch. Wenn Dschastin in dem Moment nicht wie ein Wahnsinniger losgestürzt wäre. ⇒ WIE EIN ECHTER SPÜRHUND! Wir haben uns alle vier angeguckt und dann war uns klar:

DSCHASTIN HATTE eine SPUR aufgenommen!

Vielleicht hatte er auch nur wieder ein paar interessante Schuhe gesehen?
Aber das hab ich lieber für mich behalten …

JEDENFALLS SIND WIR IHM HINTERHER!!

»Da ist er! Da vorn! Links! Rechts! Komm zurück!«

Aber Dschastin ist einfach immer weitergerannt, denn er hatte ein Ziel. Und das war …

KAPITEL

6 WIR MÜSSEN INS GEISTERSCHLOSS!

So gruslig war unsere Arbeit
als Detektiv noch NIE!!!

Oh, Mann! **DSCHASTIN** ist im **GEISTERSCHLOSS** einfach an der Seite durch einen Vorhang reingehuscht!

Vor Schreck sind wir alle stehen geblieben. Aus dem Geisterschloss kamen nämlich die schlimmsten Geräusche der Welt! Aber Marie hat gesagt, dass wir jetzt mutig sein und dareinmüssen, ➡ **ERSTENS**, um Dschastin vor den GRUSLIGEN Geistern zu retten, und ➡ **ZWEITENS**, um den Dieb zu finden, von dem Dschastin die Spur aufgenommen hat. Und obwohl wir vor Angst gezittert haben, sind wir hinterher.

Wir durften aber nicht durch den Vorhang reinhuschen, sondern mussten an einem ganz gruseligen Mann vorbei. Der hatte eine Träne ans Auge tätowiert und nur noch drei Zähne im Mund! Er hat uns umsonst reingelassen, damit wir unseren Hund da rausholen, und uns »Viel Spaß!« gewünscht und dabei so wie ein Totenkopf gegrinst!!!

Im GEISTERSCHLOSS war es **stockfinster**. Flora hat vor Angst Schluckauf bekommen und wir haben uns alle an den Händen gefasst, damit wir uns nicht verlieren. Wir haben ganz kleine Schrittchen gemacht und dabei leise »Dschastin!« gerufen. In dem Moment ist etwas FLATTERIGES über mein Gesicht gestreift und ich habe so einen SCHRECK bekommen, dass ich mich im Dunkeln an Idas Ärmel festgeklammert habe.

Aber dann hab ich gemerkt, dass es gar nicht Idas Ärmel war, sondern ein weißes Gespenst neben mir!!!

Aber was sie noch gesagt hat, hab ich nicht mehr gehört, weil auf einmal aus einem SARG auf dem Boden ein Skelett herausgeschnippt kam und

»BUH!«

gerufen hat und die anderen jetzt **TOTAL LAUT** gekreischt haben.

»Wo ist der Ausgang?« – »Dschastin! Menno, wartet doch auf mich!« – »Iiiih! Hier ist ein Arm! Ohne Körper!«

UND PLÖTZLICH HABE ICH DIE ANDEREN GAR NICHT MEHR GESEHEN, WEIL DA SO EIN DICKER NEBEL ANGEWABERT KAM.

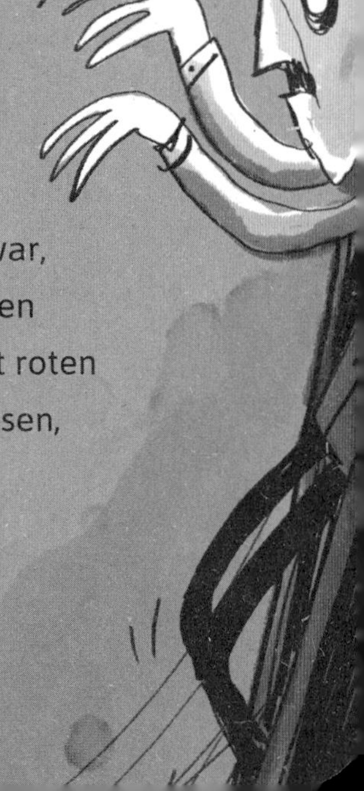

Und als der Nebel endlich weg war, stand ich genau vor einer haarigen RIESENSPINNE mit roten Augen! Ich hatte gerade beschlossen, vor Angst zu sterben, da hab ich **DSCHASTIN** gesehen.

Er saß **GENAU** vor der Riesenspinne und hatte einen ihrer Füße im Mund und hat darauf herum gekaut!

Wahrscheinlich weil sie keine Schuhe anhatte.

DESWEGEN ist er hier reingerannt?

Mann, echt mal Dschastin! Dann hat er sein Bein gehoben und die Riesenspinne angepinkelt.

»PFUI, DSCHASTIN«, habe ich gerufen und da ist er voller Freude zu mir gerast, doch irgendwie hat er dabei was umgeschmissen, denn auf einmal war Dschastin selber ein kleines **Gespenst** im Bettlaken, das auf dem Boden herumgerannt ist und gebellt hat. Er ist weitergesaust und ich musste wohl oder übel hinterher, obwohl mir vor GRUSELIGKEIT jetzt ganz eiskalt wurde, denn plötzlich stand im Dunkeln jemand vor mir!

Aber zum Glück war es nur ein schmusendes Liebespaar. Örks!

Dschastin im BETTLAKEN ist jetzt an den beiden hochgesprungen und ich glaube, das Honigschneckchen ist in Ohnmacht gefallen, aber genau konnte ich es nicht sehen, denn ich musste ja hinter DSCHASTIN her.

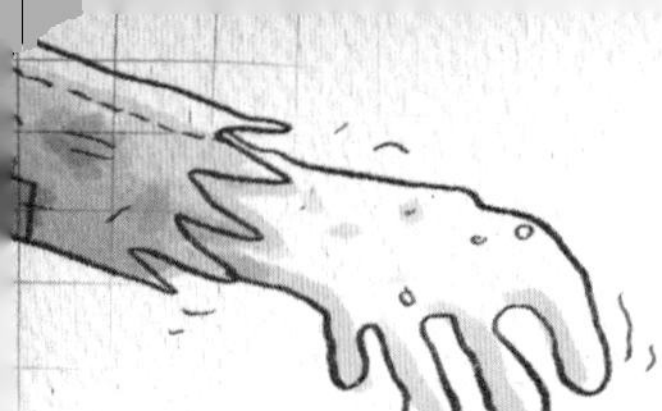

Beim Rennen hat mich was **WABBELIGES** am Arm angefasst!

⟹ **ES WAR DAS SCHLIMMSTE WABBELIGE, WAS MICH JE IN MEINEM LEBEN BERÜHRT HAT!**

Doch dann war da etwas Wunderbares:

⟹ **LICHT!**

UND DIE WELT DRAUSSEN! Und zum Glück ist Bettlaken-Dschastin Richtung Licht und Welt gelaufen und ich bin ihm nachgestolpert und war ENDLICH im Freien. Da standen schon Ida und Marie und Flora und haben ängstlich gequietscht, als sie mich gesehen haben.

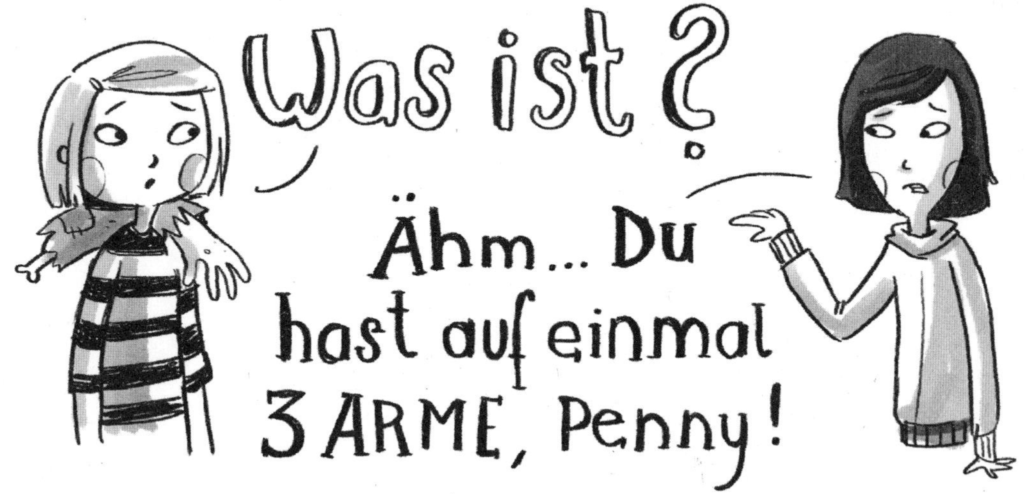

Tatsache. Da lag noch ein Gummi-Arm auf meiner Schulter. Das war das wabbelige **DING**. Ich hab den Ekel-Arm gleich abgemacht und zurück in das Gespensterschloss geworfen.

Da drin hat jemand ganz laut geschrien. Ich glaube, das war wieder das Honigschneckchen, die hat ihn bestimmt abgekriegt.

Also, bei der Jagd nach dem **TASCHENDIEB** hat uns das Geisterschloss ja so was von überhaupt gar nicht weitergeholfen. Mist. Aber zum Glück hatten wir wenigstens Dschastin wieder und haben ihm erst mal das BETTLAKEN abgemacht.

Doch da hat Flora ganz AUFGEREGT geflüstert: »Guckt mal!« Und auf zwei Leute gezeigt.

Da waren die **Blutbachs**! Mutter und Tochter!
Die Blutbachs hatten eingekauft WIE DIE VERRÜCKTEN.
Sie hatten so viel zu tragen, dass ihre Rücken ganz *krumm* waren.

WAS DIE BLUTBACHS ALLES GEKAUFT HABEN:

- zwei kostbare Vasen
- drei Bratwürste
- Crêpes ⇨ Banane und Himbeere
- ein Kilo gebrannte Mandeln
- einen Plüschelefanten
  ⇨ hellblau, so groß wie eine Kuh
- zwei Bilder von sich selbst
  ⇨ absolut keine Ähnlichkeit
- einen Strauß Papierblumen
- einen mexikanischen Poncho
- Zuckerwatte ⇨ rosa, so groß wie ein Schulranzen

Wir haben uns alle angeguckt und alle dasselbe gedacht. Und dann haben wir alle das gesagt, was wir GEDACHT haben.

⇨ Dschastin hat es gebellt.

Und das war nämlich:

WOHER KOMMT DAS GELD FÜR DIESEN GANZEN KRAM???

Ich wusste es doch!

TASCHENDIEBE.

Die Blutbachs konnte man VIEL besser verfolgen. Sie sind nicht hin und her gesprungen wie Kotzbrocken-Konrad, sondern ganz langsam rumgeschlichen und immer wieder stehen geblieben, um zu gucken.

OOCH, NU gugge ma DA VORNE! DA GIB'S NOCH MEHR LEGGER ESSEN! DA GRIGGSCH GLEICH WIEDER HUNGER, MAMA.

Und außerdem haben sich die beiden Blutbachs dauernd in ihren Einkäufen verheddert.
Dann sind sie überhaupt nicht mehr weitergegangen, sondern haben angefangen, die gebrannten Mandeln zu futtern. Und wir standen jetzt GENAU hinter ihnen.

Es war die lahmste Verfolgungsjagd der Welt.

Und dann hat Frau Blutbach sich PLÖTZLICH umgedreht und mich gesehen. »Tach!«
Ich hab SOFORT ganz gleichgültig getan, als ob ich einfach NUR SO auf dem Rummel bin und nicht, um die Blutbachs zu OBSERVIEREN ▶ DAS HEIẞT »BEOBACHTEN«.
Dabei hat mein Herz ja vor AUFREGUNG geklopft wie wild!!! ♡

»Tach, Frau Blutbach.«

Frau Blutbach hat einfach weiter Mandeln geknabbert. Sie hat *überhaupt nichts* gemerkt, weil ich so eine irre gute DETEKTIVIN bin! Wir sind betont unauffällig weitergeschlendert und haben uns hinter einem Dixi-Klo versteckt.

Aber die beiden Blutbachs hatten alle Zeit der Welt. Sie haben sich auf eine Bank gesetzt, auch noch ihre BRATWÜRSTE und Crêpes und Zuckerwatte gefuttert, und dann hat Frau Blutbach noch in aller SEELENRUHE eine Zigarette geraucht und dabei die Papierblumen angebrannt.

Da hat die Blutbach-Tochter schnell ihre Cola drübergekippt.

Ida hat jetzt gesagt, sie hält es **KEINE MINUTE** länger aus, anderen Leuten beim Essen zuzugucken. Und dass sie totalen Hunger auf Bratwurst hat. Oder wenigstens ein paar Orangen und Erdnüsse will, wie sie hier überall rumliegen.

ALS IDA DAS MIT DEN ORANGEN GESAGT HAT, IST MIR AUFGEFALLEN, DASS AUF DEM RUMMEL IRGENDWIE TOTAL VIELE ORANGEN RUMLAGEN. DAS WAR SCHON IRGENDWIE KOMISCH. UND VERDÄCHTIG!

Marie hat jetzt auch ganz **NACHDENKLICH** geguckt. Sie wollte gerade etwas sagen, aber in dem Moment hat die Blutbach-Tochter **LAUT** gekreischt:

»Mama, ej, meine Geldbörse ist weg!«

Wir haben uns alle angeguckt und die Luft angehalten. *Das war sowieso gut, wegen dem müffelnden Dixi-Klo.* Die Blutbachs haben sofort ihre Bilder und Elefanten und Ponchos und Vasen und die angekokelten Papierblumen fallen lassen und angefangen, hektisch in ihren

Handtaschen zu wühlen. Die Blutbach-Tochter hat gejammert, dass sie doch noch zwanzig Euro hatte, noch fast ihr ganzes Geld, weil sie sich doch bis jetzt nur fünf Lose gekauft und so viel gewonnen hat. Und die Blutbach-Mutter hat gesagt, dass sie auch kein Geld mehr hat, weil sie ihre ganzen zwanzig Euro schon für die WUNDERSCHÖNEN Porträts ausgegeben hat.

ACH SO. DIE BILDER HABEN NUR 20 EURO GEKOSTET?

Und das restliche Zeug hatten die nur gewonnen.

Warum gewinnen die so viel und wir nicht? Über einen mexikanischen Poncho und ein paar Papierblumen hätte meine Oma sich sicher auch sehr gefreut!

Aber die Blutbachs waren jetzt ganz unglücklich und haben sogar geweint. :-(

»Das sind nicht die Taschendiebe«, hat Flora gemurmelt.

»Nee«, hab ich gesagt. »Sind sie nicht.«

Fast tat es mir ja jetzt ein bisschen leid, dass wir die Blutbachs verdächtigt hatten. Aber wenigstens hatten sie ja schöne GEMÄLDE von sich bekommen.

Auch wenn die ihnen überhaupt nicht ähnlich sahen.

UND NUN?

KAPITEL

7 DIE VERDÄCHTIGEN SITZEN IN DER FALLE!

Also zuerst. Dann eher … weniger.
Dann sitzen wir in der Patsche.

Ja – was nun?

»Kommt Zeit, kommt Rat, kommt Frühspinat« ← sagt meine Omi immer!!

Und es kam auch Rat. Oder besser KOTZBROCKEN-KONRAD. Ganz gemütlich kam er da angeschlendert, diesmal hatte er noch einen Komplizen dabei, den dicken Sven Baumel!

⇨ Der ist noch fieser als Kotzbrocken-Konrad, falls das überhaupt möglich ist.

Er hat sogar mal einer Lehrerin eine Spinne in die Handtasche gesetzt!!!! Die Lehrerin hat das aber gar nicht gemerkt, weil sie kurzsichtig war.

Natürlich haben wir uns sofort wieder an die VERFOLGUNG von denen gemacht. **Kotzbrocken-Konrad** und **Spinnen-Sven** sind jetzt zur Losbude gelaufen und haben sich gegenseitig erzählt, was sie alles gewinnen werden.

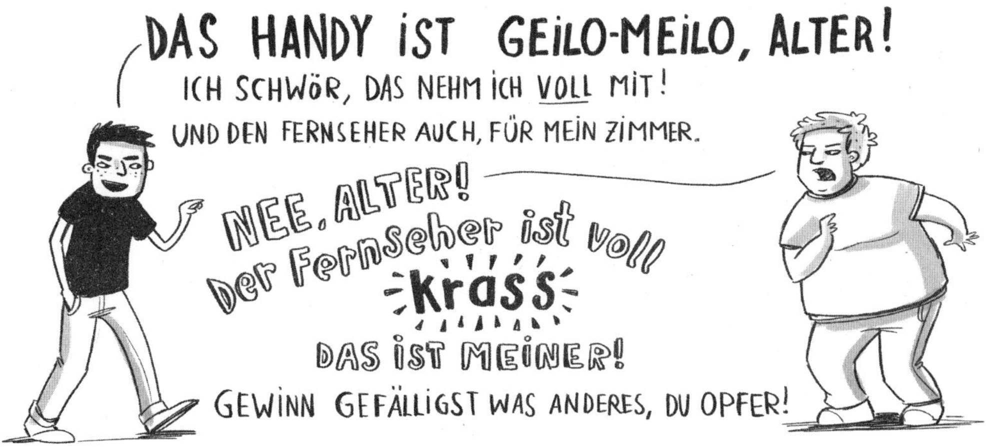

»Den Plüschaffen«, hab ich geflüstert. Ida musste gleich kichern und Flora und Marie auch, als wir ihnen erzählt haben, dass KOTZBROCKEN-KONRAD den Affen *liebt*.

Kotzbrocken-Konrad hat zu dem Losverkäufer gesagt, dass er vier Lose will.

Und dann hat der doch echt zwanzig Punkte gewonnen! Es war so gemein, denn es war ja von unserem **GELD**!

⇨ Und von dem Geld von der Straße, das ich hätte finden sollen!

Und er hat wieder so wie ein **Haifisch** gegrinst. Das Handy konnte man nämlich für 34 Punkte gewinnen! Und dann hat Spinnen-Sven auch zehn Punkte gewonnen und dann haben sie **BEIDE** wie Haifische gegrinst. Doch da hat Marie auf einmal geflüstert:

»WARUM MUSS ER DENN EIN HANDY GEWINNEN, WENN ER DOCH SCHON DAS HANDY VON FLORA GEKLAUT HAT? UND DAS VON JETTE?«

Hm. Also, jetzt, wo sie das so gesagt hat … Das war schon seltsam. Kotzbrocken-Konrad hatte das **HANDY** ja auch noch nicht gewonnen, denn es fehlten ihm ja noch vier Punkte. Da ist Kotzbrocken-Konrad vor **VORFREUDE** ganz hibbelig geworden und hat dem Verkäufer gesagt, er will noch zehn Lose kaufen. Aber plötzlich ist ein Schatten vorbeigehuscht und Konrad ist gestolpert und auf so matschigem Obst ausgerutscht ⇨ wie wir vorhin auch! und hingefallen und hat wütend gerufen:

»Booah Mann, du spinnst wohl!«

➜ Und dann ist er ganz blass geworden!!!!

»Mein Geld ist weg, Alter!«, hat er gerufen. »Ich hatte gerade noch meine **GELDBÖRSE** in der Hand, so blau mit Superman drauf! Ej, Mann, Alter, die hat mir eben jemand geklaut! Welcher blöde Asizwerg war das???«

War das **AUFREGEND**!!! Wir hatten es ja auch gesehen. DA WAR ETWAS VORBEIGEHUSCHT. Aber **WAS**? Keiner von uns hatte es erkannt, es war so schnell!

EIN GEIST???

Der Losverkäufer wollte Kotzbrocken-Konrad trösten und ihm den PLÜSCHAFFEN für seine 30 Punkte geben. Aber Konrad wollte den Affen jetzt nicht mehr.

ER WAR **TOTAL** WÜTEND!

UND HATTE HAIFISCHTRÄNEN IN DEN AUGEN!

»Kotzbrocken-Konrad ist auch nicht der Taschendieb«, habe ich gemurmelt.

So viel war klar.

IN DIESEM **MOMENT** KAMEN DIE KLUMPES VORBEI, SIE HABEN SICH IMMER NOCH GESTRITTEN!!!

ODER SCHON WIEDER??

Und dann sind sie zu einem Polizisten gegangen, der da rumstand, und haben ihn gefragt, ob jemand zufällig eine **GELDBÖRSE** und eine Uhr bei ihm abgegeben hat, weil sie die verloren haben.

*Was sie gesagt haben, darf ich aber immer noch nicht wiederholen …

ABER DAS WAR DER VERDÄCHTIGE POLIZIST!!! DER SICH VORHIN VERKLEIDET HAT UND SO WEITER!!!

Ich hab den ATEM angehalten und darauf gewartet, dass er die Klumpes mit seinem falschen Lächeln hypnotisiert und dann beraubt, aber das hat er nicht gemacht.

Schade. Das hätte ich eigentlich echt gern mal gesehen.

Der Polizist hat nämlich ÜBERHAUPT GAR NICHT gelächelt, weder falsch noch echt. Sondern er hat ganz traurig geguckt und gesagt, dass er auch was verloren hat, und zwar den kostbaren Verlobungsring für seine Freundin, den er ihr heute mit einem charmanten Lächeln überreichen wollte. Das hat er extra geübt. Und dann hat er sich durch seine 10000 x gekämmten Haare gewühlt und geseufzt.

WER ALLES DOCH NICHT DER TASCHENDIEB IST:

KOTZBROCKEN-KONRAD ⇒ Er ist gerade vor unseren Augen selbst beklaut worden und war so wütend, dass er Haifischtränen heult.

DIE BLUTBACHS ⇒ Sie hatten doch gar nicht so viel Geld, sie hatten nur Glück und haben viel gewonnen.

DER POLIZIST ⇒ Der ist ebenfalls selber beklaut worden, er weiß es nur noch nicht. Und er ist jetzt so traurig, dass er nicht mal mehr Lust hat, seine Frisur in Form zu bringen und wenigstens ein kleines bisschen in seinen Spiegel zu lächeln. Wahrscheinlich verliert er jetzt auch noch seine Freundin.

ABER WER BLIEB DANN NOCH ÜBRIG?

MISTER UNBEKANNT

BLEIBT ÜBRIG! UND ICH HABE DA SO EINE IDEE …!

Aber noch ehe Marie uns ihre IDEE verkünden konnte, hat auf einmal jemand **GANZ LAUT** »TATÜTATA, DIE FEUERWEHR IST DA!« gesungen. Mann, das waren die Doofen aus der Parallelklasse! Sie kamen auf uns zu und haben gelacht und immer wieder irgendwelches blödes **ZEUG** gerufen.

Purzelchen, willst du noch 'ne Runde fahren, dundideldum??

Da sind wir abgehauen. Aber die sind uns hinterhergerannt! Fast hätten sie uns eingeholt, ich hab schon wen an meinem Rücken gespürt! Da sind wir schneller gerannt. Ida hat gejammert, dass wir bessere VERKLEIDUNG brauchen, Marie hat gerufen, dass wir stehen bleiben sollen, weil sie nachdenken muss, Dschastin hat gebellt und Flora hat eine matschige Orange aufgehoben und wollte sie

gerade denen aus der Parallelklasse an den Kopf schmeißen, als mir auf einmal etwas KLAR wurde!

Aber die Doofen aus der Parallelklasse waren uns ja auf den Fersen!

»TATÜTATA, DIE FEUERWEHR IST DA!«

Doch dann ist Jette zum Glück auf einer matschigen Orange ausgerutscht und hingefallen und die anderen sind über sie gestolpert und auch beinahe hingefallen und Jette hat »Aua, passt doch auf, ihr Trottel!« gerufen und da hat Marie uns alle schnell hinter so eine große Bude gezogen und ZACK waren wir außer Sicht.

Ui, das war wie im Fernsehen!

Ich hab ganz erleichtert nach Luft geschnappt und gesagt: »Es ist nämlich so. Die Orangen sind …«

ABER DA HAT IDA MICH ANGEGUCKT UND IHRE AUGEN WURDEN SO GROß WIE FUßBÄLLE!

DANN HABE ICH MICH UMGEDREHT.

UND BIN TOTAL ERSCHOCKEN!!!

Denn direkt hinter mir stand eine

KAPITEL

8 EINE HEISSE SPUR

dank Dschastin, dem besten Spürhund der Welt. Er findet nämlich nicht nur Schuhe. Echt jetzt!

Die MUMIE war grau und weiß und hatte lauter flatternde Bänder, die an ihr runterhingen. Sie saß auf einem Campingstuhl und hat geraucht.

»Is was?«, hat die Mumie uns dann angemotzt, weil wir sie nur angestarrt haben. »Was guckt ihr denn so?«

Ich hab überlegt, was man zu einer Mumie sagen könnte, aber es fiel mir absolut nichts ein. Die anderen haben vor Schreck auch nichts gesagt. Nur Dschastin hat gewinselt und da hat die Mumie gesagt, dass der Hund ja GOLDIG ist und ob sie ihn mal streicheln darf. Durfte sie. Sie war ja eine gruselige Mumie, mit der wollten wir uns garantiert nicht anlegen. Dschastin fand die Mumie ganz toll und hat ihr die Hand geleckt.

und die Mumie hat **geächzt** und **gestöhnt** und gesagt: »Mensch, tun mir meine Knochen weh!«

Von irgendwo hat ein Mann gerufen

Wir brauchen dich vorne, GISELA!

DAS SKELETT WILL AUCH IN DIE PAUSE!!!

Und da hat die Mumie zurückgebrüllt: »Ich hab aber zuerst Pause, kapiert!«

Und da haben wir erst gemerkt, dass wir HINTER dem Geisterschloss gelandet waren und dass die Mumie nur eine verkleidete Frau war, die in Wahrheit *Gisela* hieß. Aber die sah so echt aus!!! ⇨ Ida war auch sofort ganz neidisch auf das Mumienkostüm.

Die Mumie Gisela hat zu mir gesagt: »Du hast da was am Rücken!« Und dann ist sie aufgestanden und hat mir mit ihren MUMIENFINGERN auf den Rücken gegriffen und abgemacht, was da klebte.

EIN ZETTEL, DARAUF STAND:

Das hatten mir die Doofen aus der Parallelklasse draufgeklebt. DIESE FIESLINGE!

Die MUMIE Gisela hat aus einer grünen Handtasche, die auf dem Boden stand, einen Müsliriegel rausgeholt. Doch dann hat sie sich gewundert, weil sie eigentlich zwei Müsliriegel da drin hatte, und der andere war jetzt angeknabbert. Mitsamt dem Einwickelpapier!!

»AHA!«, HAB ICH GEFLÜSTERT.
»EIN TASCHENDIEB, DER HANDYS UND GELD KLAUT UND MÜSLIRIEGEL FUTTERT! MIT PAPIER! UND ÜBERALL OBST HINTERLÄSST!«

Um den Campingstuhl der Mumie Gisela herum lagen nämlich wieder so zermatschte Orangen. Und Erdnussschalen! Und eine Bananenschale! Und ein vergammelter Apfel!

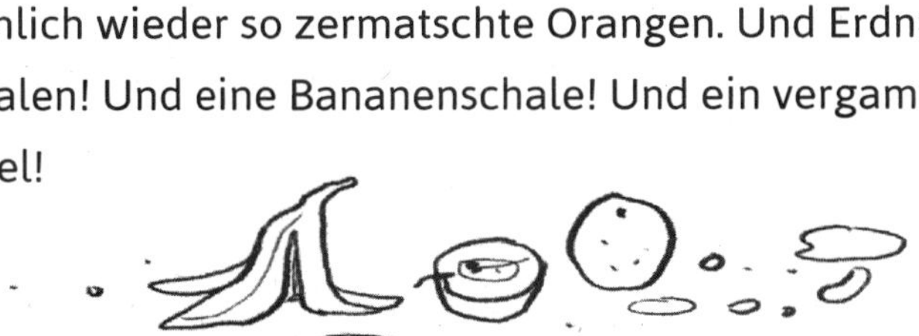

Marie hat ganz heftig genickt und gesagt, dass sie GENAU das auch gemerkt hat und dass die Obsthaufen irgendwie bestimmt GEHEIMZEICHEN der Taschendiebe sind!!!!

Marie hat Flora dann die zermatschte Orange aus der Hand genommen und sie **untersucht**. Marie ist so mutig. Die Orange hätte ja auch VERGIFTET sein können oder so!

Marie hat gesagt, dass die **TASCHENDIEBE** sogar die SCHALE von der Orange angeknabbert haben. **Iiih!** Die müssen ja totalen Hunger gehabt haben. Die essen Orangenschale **UND** Papier! Ida hat gesagt, das kann sie voll verstehen, sie ist jetzt auch *fast so weit*, dass sie Orangenschale und Papier essen würde. Und dass sie sich sogar mit Dschastin einen Schuh teilen würde. Und dann hat sie auf den Müsliriegel der Mumie Gisela gestarrt. ⇨ Der war aber jetzt gleich alle.

Wir haben überlegt, was wir als Nächstes tun sollen, aber es ist uns absolut nichts eingefallen. Außerdem ist Dschastin die ganze Zeit um uns **herumgewuselt** und wollte die Bänder der Mumie Gisela abwickeln.

»Mann, Dschastin!«, hat Flora gesagt.

Und da hab ich mich an die Stirn gehauen und habe auch gesagt:

»Mann, na klar ⇨ Dschastin!«

Denn mir ist eingefallen, dass Dschastin ja nicht nur *der süßeste Hund der Welt*, sondern auch ein Spürhund ist!

Ich habe also Dschastin die Bananenschale vors Maul gehalten und gesagt: »FASS!«

»Nee, nicht Fass«, hat Flora gesagt. »DAS HEIẞT SUCH!«

Ida wollte wissen, warum Dschastin die Bananenschale denn suchen soll, wenn sie schon vor seiner Nase baumelt, und Marie meinte, wir sollen lieber »GELD!« oder »HANDY!« sagen, denn Dschastin sollte ja schließlich Geld und Handys suchen.

Dschastin hat aber sowieso nichts davon kapiert. Er wollte immer nur die Orangen anlecken und die Mumie Gisela aufwickeln.

⇨ Ich glaube, er muss erst mal in die Spürhund-Schule.

Da sind wir weggegangen, damit die arme Mumie Gisela in Ruhe Pause machen konnte. Und auf einmal ist Dschastin losgeschossen wie ein echter Spürhund.

ER HATTE ES ENDLICH KAPIERT!

DSCHASTIN ist auch sofort auf jemand Verdächtiges zugestürmt. Es war die Frau mit der Zuckerwatte in den Haaren! **Sie hatte jetzt eine Mütze auf.** Garantiert als Verkleidung! Aber seltsamerweise hat die Frau nur geschimpft und gemeckert und »HILFE!« und »HALTET DEN DIEB!« gerufen und Dschastin ist auch einfach an ihr vorbeigerannt. AHA! Jetzt endlich waren wir dem echten **TASCHENDIEB** auf der Spur!

Wir kamen kaum hinterher, aber zum Glück hat Dschastin **GANZ LAUT** gebellt, sodass wir wussten, wo er hinrennt. Dann ist Dschastin wie ein wilder Gummiball unter einem Baum herumgesprungen und wollte unbedingt da hoch. Als ob da oben in dem Baum lauter leckere Turnschuhe und Wanderschuhe und Stöckelschuhe und Skistiefel und Pantoffeln und Sandalen und so hängen würden. *Hingen aber nicht.*

UND DA WAR UNS KLAR → *Da oben im Baum sitzt der* **TASCHENDIEB!!!**

»**FASS!**, Dschastin!«, hat Flora gerufen.

⇨ Was ein bisschen sinnlos war, denn Dschastin kam ja ganz eindeutig nicht da hoch.

Und dann
waren wir
endlich bei
Dschastin und
haben nach OBEN
geguckt. Mein Herz ♡ hat
geklopft wie verrückt!

WAS, WENN DER TASCHENDIEB EIN FIESER, STARKER MANN WAR? SO WAS WIE KONRAD, NUR IN GROSS? ODER WAS, WENN DIE GANZE TASCHENDIEB-BANDE DA OBEN HOCKTE?

Aber da oben im Baum saß kein Mann.

Da saß nur …

»Der kleine AFFE im karierten Jäckchen!«

Mann, wie bekloppt. Das war doch gar nicht der **TASCHENDIEB**! Dschastin war nur so gerannt, weil er mit dem Äffchen spielen wollte. Jetzt konnten wir *wieder* von vorn anfangen.

Doch dann hab ich was gesehen. Etwas, was der kleine Affe am Arm hatte: EINE UHR!!

Und was er in der Hand hatte, war …
eine blaue **GELDBÖRSE**.
→ Mit Superman drauf!!!

KAPITEL 9

DAS RÄTSEL LÖST SICH

Also WIR lösen es.
Wir sind schließlich die besten Detektive der Welt. Total.

Der kleine AFFE hatte also Konrads Geldbörse geklaut. Das war ja der HAMMER. ENDKRASS! Wir konnten es gar nicht glauben.

Marie war wieder mal am *schlausten*, das kann man nicht anders sagen. Warum klaute der kleine Affe GELD und UHREN und HANDYS? Der konnte doch

überhaupt nichts damit anfangen! Ida meinte, wenn sie ein Affe wäre, würde sie lieber Zuckerwatte und Bratwurst und Crêpes und so weiter klauen.

→ Na, genau. Ich auch!

Plötzlich fiel Flora was auf den Kopf. »Au!«

Wir dachten erst, der Affe hat die **GELDBÖRSE** von Konrad runtergeschmissen, aber es war eine Orange!

»Du kleines Miststück!«, hat Flora wütend gesagt. Daraufhin kam noch was runtergeflogen. Und noch was. Erdnussschalen und so. Aber die Geldbörse hat der Affe natürlich nicht rausgerückt. Er hat da oben total herumspektakelt. Und wir wussten jetzt **ECHT** nicht, was wir machen sollten. Ich meine – wir hatten jetzt zwar den Taschendieb (→ kleiner Affe!), aber den würden wir **NIE** fangen können und außerdem warf der Dieb mit Obst und hatte ganz schön spitze kleine Zähnchen!

⇨ Doch dann hat Marie gesagt:
»Ich glaube, der will, dass wir abhauen.«

ALSO DAS GING JA NUN ÜBERHAUPT NICHT! NIEMALS! → Dann klaut der ja weiter!!

Beim **OBSERVIEREN** (BEOBACHTEN!) von dem Äffchen hab ich gemerkt, wie er mit seinem karierten Jäckchen im Baum herumgeturnt ist, die **GELDBÖRSE** von Konrad im Maul. → Die war bestimmt schon voller Affenspucke, haha! Und da ist mir was aufgefallen: Das Jäckchen hatte gar keine Taschen. WO ALSO WAREN BITTE SCHÖN ALL DIE SACHEN, DIE DER KLEINE AFFE GEKLAUT HATTE?

Was der kleine AFFE möglicherweise mit den GEKLAUTEN SACHEN macht:

⇨ Er versteckt alles in seinem Affen-Geheim-Versteck. Er will nämlich zurück nach Afrika und spart dafür. Affen sind nämlich ziemlich schlau! (Und sparsam.)

⇨ Er drückt aus Spaß auf den Handys rum und ruft irgendwo an. Wenn jemand abnimmt (also zum Beispiel Jettes Mama), dann grunzt er nur hinein und die Leute am anderen Ende wundern sich.

⇨ Er versucht, sie zu essen. Oder wenigstens zu zerkauen. Wie zum Beispiel Konrads Geldbörse. (Das Bild von Superman hat er schon abgelutscht.)

ODER ⇨ DER KLEINE AFFE IST TEIL EINER RAFFINIERTEN BANDE.
EBEN! DAS WIRD ES SEIN!

Deswegen wollte der Affe auch, dass wir **abhauen!**

DAMIT ER SEIN DIEBESGUT
IN RUHE IRGENDWO ABLIEFERN KANN!

Wir haben also so getan, als ob der kleine Affe uns **ÜBERHAUPT** nicht interessiert und sind langsam weggegangen.

UND ES HAT GEWIRKT!

Aus den Augenwinkeln* haben wir gesehen, wie der kleine Affe vom Baum geklettert und davongehuscht ist. ⇨ IN RICHTUNG POMMESBUDE.

* Aus den Augenwinkeln heißt, man dreht sich nicht richtig um. Also nur so halb. Man schielt so UNAUFFÄLLIG nach hinten, um zu sehen, was da hinter einem passiert. Es könnte wirklich mal jemand eine BRILLE erfinden, mit der man hinter sich gucken kann. So praktisch wäre das. Besonders, wenn einem jemand einen Zettel mit: ICH FAHR GERN BABYKARUSSELL! an den Rücken geklebt hat und man das nicht weiß und alle hinter einem lachen!!!!

»Ihm nach!«, hab ich gerufen und dann sind wir dem kleinen Affen gefolgt. Der AFFE saß jetzt auf dem Dach der Pommesbude und hat nach unten geguckt. ALS OB ER JEMANDEN SUCHT! Die Leute an der Pommesbude haben aber *gar nichts* gemerkt, sie haben nur voller Gier auf die Pommes gestarrt, die sie gleich essen wollten.

Dann hat Dschastin auf einmal die Ohren gespitzt.

DA WAR EIN LAUTER PFIFF!

Ich hab es auch ganz deutlich gehört!

Der Affe ist jetzt von der Pommesbude über einen Zweig auf einen Kastanienbaum geklettert und wer saß darunter?

DER BLÖDE MALER

→ *Der immer Kinder ignoriert!*

Im Moment hat er aber nicht gemalt, sondern den Affen gestreichelt. Wir haben es genau gesehen, weil wir hinter dem Baum standen. Mitten in ein paar matschigen Pommes. Örks! → Ida hat sie trotzdem hungrig angestarrt.

UND DANN HABEN WIR ES GESEHEN:

Der kleine **AFFE** hat dem Maler die **GELDBÖRSE** von *Konrad* gegeben!

KONRADS GELDBÖRSE!

Dann hat der Maler die Geldbörse von Konrad aufgemacht und das Gesicht verzogen. »Läppische zehn Euro«, hat er gemurmelt. »Lohnt sich ja kaum.« Und dann hat er die **GELDBÖRSE** achtlos in eine große Sporttasche gestopft.

DA WAREN GANZ, GANZ, VIELE
GELDBÖRSEN DRIN!

UND EINE DAVON ...

WAR:

MEINE!

Und in dem Moment wurde ich so wütend! Sooooooo WÜTEND!

Was für ein fieser, gemeiner Mann war das denn nur? Und eigentlich konnte der kleine AFFE Alfie ja gar nichts dafür.

⇨ Er musste ja für den Mann klauen!

»Na los, Alfie. Weiter geht's. Und diesmal mindestens hundert Euro, verstanden?!«

Da ist der kleine Affe Alfie mit ganz TRAURIGEM Gesicht wieder den Baum hochgeklettert.

Wir haben blitzschnell überlegt, was wir jetzt machen. Marie meinte, das Beste wäre, wir würden uns trennen.

⇨ **ZWEi** verfolgen den Affen, damit wir ihn auf frischer Tat ertappen können,

⇨ und **ZWEi** suchen einen Polizisten.

Da sind Ida und ich einen Polizisten suchen gegangen und Flora und Marie haben mit Dschastin den Affen Alfie verfolgt. Wie gut, dass sie Dschastin dabeihatten.

Der war nämlich **GANZ** verrückt nach dem kleinen Affen Alfie, so konnten sie ihn nicht verlieren.

Ida und ich haben dann einen Polizisten gesehen. Es war **DER POLIZIST** von vorhin, der mit dem ~~falschen~~ echten Lächeln und dem Verlobungsring. Der würde uns bestimmt helfen, denn dann würde er ja vielleicht auch seinen schicken,

kostbaren RING wiederbekommen. Der Polizist hatte sich gerade wieder die Jacke ausgezogen und hat sie auf links gedreht und dann in allen Taschen innen geguckt und die Jacke rumgeschüttelt und so.

Ich glaube, er hat immer noch den Verlobungsring gesucht, aber wir haben ihm schnell alles von dem kleinen Affen Alfie und dem Maler erzählt.

Der Polizist hat die Jacke vor Aufregung verkehrt herum wieder angezogen und dann hat er gesagt: »Ein AFFE hat meinen Verlobungsring? Wollt ihr mich veräppeln?«
Aber dann hat er die Stirn so gerunzelt und uns erzählt, dass heute schon mindestens sieben Leute beim ihm waren, weil man ihnen ihre GELDBÖRSE geklaut hat. Und dass er gern seinen Ring wiederhätte, damit er ihn doch noch seiner Freundin schenken und sie dabei CHARMANT anlächeln kann.

Und dann hat er SEIN *Walkie-Talkie* rausgeholt und reingesprochen:

Da hab ich mich gefreut, dass bei denen das *Walkie-Talkie* auch so rumspinnt wie mein **DIKTIERGERÄT**!

Und dann hat MEIN **Walkie-Talkie** geknattert und Maries Stimme hat gerufen:

Der Polizist hat ganz beeindruckt geguckt!

»Welches Modell ist euer **Walkie-Talkie**?«

★Ich glaube, der war **NEIDISCH**.★

Als wir zum Riesenrad kamen, stand da schon eine große Traube Menschen, die alle durcheinandergerufen haben.

DIEB!
WO IST DER BESITZER?!
FESTHALTEN!
Der hat vielleicht TOLLWUT!
SÜÜÜß!
ich will auch einen Affen.

Da war voll was los!

Man konnte dann sehen, dass Spinnen-Sven auf dem Boden saß. Er hat ganz verwundert vor sich hingestiert. Neben ihm stand ein großer Mann, der den kleinen **AFFEN ALFIE** festgehalten hat und dem Polizisten gesagt hat, dass der Affe gerade eben Svens **GELDBÖRSE** klauen wollte und dass aber die netten kleinen Mädchen ihn recht-zeitig gewarnt hätten.

DER POLIZIST hat dem Mann den Affen abgenommen und dann sind wir alle **MIT dem Polizisten** und den ganzen Leuten zum Stand von dem Maler gelaufen.

{ES SAH EIN BISSCHEN AUS WIE EIN LATERNENUMZUG OHNE LATERNEN.}

Wir konnten sogar die Doofen aus der Parallelklasse sehen. Die standen mit offenem Mund da und haben uns hinterhergestarrt.

Als wir bei dem Maler ankamen, ist der ganz **dunkelrot** angelaufen. Und dann hat er behauptet, dass der kleine Affe Alfie ihm einfach abgehauen ist. Und dann hat er zu dem Affen gesagt:

»ALFIE, **DU SCHLINGEL**, WAS MACHST DU DENN FÜR SACHEN, MAN DARF DOCH NICHT **stehlen!**«

Da hab ich laut gerufen: **»LÜGE! Der Maler hat ganz viele geklaute Geldbörsen in seiner Tasche da. Das haben wir gesehen!!«**

Der Polizist wollte jetzt wissen, ob das stimmt. Und dann hat er so streng geguckt wie unsere Lehrerein Frau Weinerlein immer, wenn sie jemanden beim Schummeln ertappt.

[Frau Weinerlein stand übrigens auch unter den Leuten, die zugeguckt haben. Herr Örtel, unser Hausmeister, hat sie GANZ FEST gehalten. → Damit sie ihm nicht auch geklaut wird?]

Der Maler ist jetzt **NOCH** dunkelroter angelaufen

→ er war jetzt schon fast violett

und hat mich wütend angeguckt.

Da haben die Leute **gelacht** und dann hat der strenge Polizist sich die Sporttasche geschnappt und alles ausgekippt.

LAUTER GELDBÖRSEN UND HANDYS SIND RAUSGEFALLEN!

»Und was ist das hier?«, hat der Polizist gefragt.

»Alles meins«, hat der Maler frech geantwortet. **»Ich sammele Geldbörsen und Handys. Ist so ein Hobby von mir.«** Da ging ein Tumult los. Die Leute haben alle durcheinandergebrüllt: **»Meine Geldbörse! Mein Handy! So ein Lump!«**

Der strenge Polizist hat ein pinkes Handy aus dem Haufen gezogen. Es war Floras! »Und das hier?«, hat er gefragt. »Gehört das etwa auch Ihnen?«

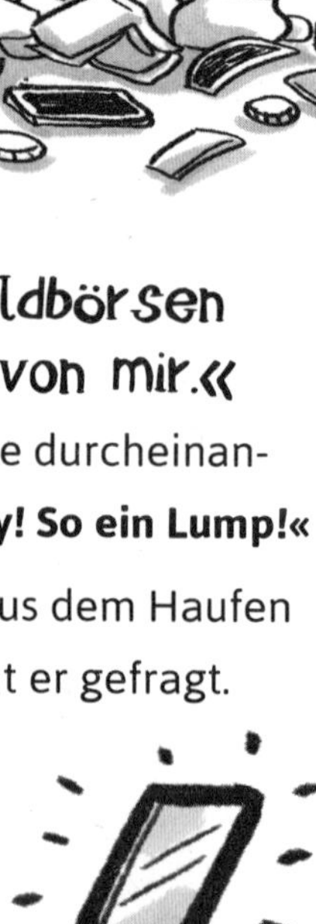

»Ja, natürlich«, hat der Maler behauptet. Da hat der Polizist das HANDY angemacht und hat das Foto gesehen, dass Flora von ihm geschossen hat, als wir noch dachten, der Polizist wäre verdächtig.

»Und warum haben Sie mich hier fotografiert?«, hat der Polizist ganz verwirrt gefragt.

»Ich fotografiere eben gern. Ist auch so ein Hobby von mir«, hat der Maler frech geantwortet.

DA HAT DER POLIZIST NOCH WAS GESEHEN, WAS AUS DER TASCHE GEFALLEN IST. EINE KLEINE DUNKELROTE SCHACHTEL. DIE HAT ER AUFGEMACHT UND IST DABEI FAST SO DUNKELROT GEWORDEN WIE DIE SCHACHTEL SELBER. DARIN WAR NÄMLICH EIN KOSTBARER VERLOBUNGSRING!

»Und ich nehme an, Verlobungsringe sammeln ist auch so ein Hobby von Ihnen?«, hat der Polizist den Maler gefragt und dann hat er richtig, RICHTIG FALSCH gelächelt. *Er konnte das total gut.* Aber in diesem Moment hat das Handy geklingelt. Der Polizist ist rangegangen und dann hat er den Maler gefragt: »Heißen Sie Flora?«

»Ja, SELBSTVERSTÄNDLICH heiße ich Flora«, hat der Maler wieder behauptet.

UNGLAUBLICH DREIST!

»Aha. Flora, dein Papa möchte dich sprechen. Er will wissen, ob du deine Hausaufgaben gemacht hast«, hat der Polizist gesagt und dem Maler das Handy hingehalten und da haben die Leute alle losgelacht!!!

»HAHAHAHA!«

Dann kam Holger, der Kollege von dem Polizisten, und dann haben sie den Maler verhaftet!

KAPITEL

10 KONRADS GEHEIMNIS

Aber nicht mehr lange. Ha ha!

Auf einmal waren wir die ⋆**STARS**⋆ auf dem Rummel! Alle Leute haben geklatscht, weil **WIR** den Dieb gefangen haben!

Das Beste aber war, das ein Mann namens **»Rummelplatz-Mennedscher«** zu uns kam und sich bedankt hat. Und gesagt hat, dass wir sein **Bissness** gerettet haben. Und deshalb dürfen wir jetzt an **JEDER** Bude was kostenlos essen und so viel Karussell fahren, wie wir nur wollen.

Ein bisschen schade war natürlich, dass wir noch keine Visitenkarten hatten, denn die hätten wir ja jetzt locker verteilen können. Müssen wir unbedingt drucken lassen!

MANN, HABEN WIR DA GEJUBELT!!!

Die Doofen aus der Parallelklasse standen gerade in der Nähe und haben das gehört und sind vor Neid **ganz hellgrün** geworden.

Da haben wir gleich **NOCH MAL** gejubelt.

Ein Junge aus der Parallelklasse wollte dann wieder »Tatütata, die Feuerwehr ist da« singen, aber Jette hat ihn angemeckert. Da hat er wieder aufgehört. Jette musste uns ja jetzt **FÜR IMMER UND EWIG** dankbar sein. Wir hatten ja ihr HANDY wieder besorgt.

NAA-NA-NA-NAA-NAA!

Und dann haben wir aus Quatsch selber GANZ laut **»TATÜTATA, DIE FEUERWEHR IST DA«** gesungen, denn wir waren jetzt Promis* und die dürfen fast alles!!!

* Promis sind Leute, die berühmt sind. Sie kommen meist ins Fernsehen. Oder in die Zeitung. Sie lachen immer ganz glücklich mit ganz weißen Zähnen und erzählen allen von ihrem Promi-Leben und wie viele Flugzeuge und Inseln und Autos und Pferde und Ehemänner/Ehefrauen sie haben.

Aber noch bevor wir zur BRATWURSTBUDE konnten, hat uns eine Frau angesprochen.

Die war von der Zeitung! Und sie hat uns interwjuut.*

[* Das heißt, sie hat uns Fragen gestellt. Aber alle sagen »interwjuuen« dazu. Warum, weiß ich nicht.]

Wir haben ihr also aus unserem PROMI-LEBEN erzählt. Ein Foto hat die Frau auch gemacht und gesagt, dass wir morgen in der **Zeitung** sein werden. Mann, haben wir uns da gefreut! Das wird bestimmt toll!

ABER DANN HABEN WIR ERST MAL ORDENTLICH REINGEHAUEN!

Was wir alles gegessen haben

- 4 BRATWÜRSTE
- 4 ZUCKERWATTEN
- 4 EIS
- 4 TÜTEN POPCORN
- 4 FLAMMKUCHEN
- unzählige GEBRANNTE MANDELN

Und dann sind wir zum MONSTER TURBO Shooter und mussten nicht mal anstehen. Wir sind **siebenmal** gefahren. Und dann sind wir auch zum Geisterschloss, denn wir wussten ja jetzt, dass die MUMIE Gisela nicht echt war.

Sie hat uns sogar gewunken, als wir vorbeigekommen sind!

→Wir haben auch dem **SKELETT** im Sarg gewunken und auch dem **BETTLAKEN-GESPENST** und auch dem Honigschneckchen und seinem Freund, denn die standen immer noch da drin und haben geknutscht. Örks! Manche Leute kriegen einfach nie genug.

Dann sind wir noch ACHTERBAHN und **RIESENRAD** und Kettenkarussell gefahren und haben zwanzig Lose gekauft. Den Fernseher haben wir aber immer noch nicht gewonnen, nur eine Vase.

DIE WAR ABER AUCH SEHR SCHÖN UND SEHR KOSTBAR. DIE WOLLTEN WIR OMA MITBRINGEN. ↓

Und zum Schluss haben wir uns dann tatsächlich auf das **DING** namens Adrenalin Pur getraut. Das war so unglaublich schnell, dass unsere OHREN im Fahrtwind ge-

wackelt haben! Wir haben **SUPER LAUT** gekreischt, lauter als alle anderen, weil das so herrlich war. Als das ADRENALIN PUR DING angehalten hat, meinte Flora, dass sie sich fühlt, als ob sie in einer **Waschmaschine** rumgeschleudert worden ist. Und *Marie* hat gesagt, dass sie jetzt gern wie Dschastin auf vier Beinen laufen würde, weil sie sonst umfällt. *Ich* hab gefragt, ob wir **noch mal** fahren wollen, aber *Ida* hat gar nichts gesagt.

➪ Ida sah ganz KÄSIG aus. Und plötzlich hat sie sich so die Hand vor den Mund gehalten und ist losgerannt. »Ich glaub, mir wird schlecht!«

WIR SIND IHR HINTERHERGERANNT, UM ERSTE HILFE ZU LEISTEN, ABER ES WAR SCHON ZU SPÄT. IDA HAT HINTER EINEN BUSCH GEKOTZT. ÖRKS. DAS WAR SCHON EIN BISSCHEN EKLIG.

Aber dann tat Ida mir leid, denn sie hat so leise »Mami! Mami!« gerufen. Da bin ich schnell zu ihr hin, um sie zu trösten. Aber da hab ich gemerkt, dass es gar nicht Ida war, die »Mami! Mami!« gerufen hat. ➡ IDA HAT NUR SO »URGS!« UND »ÖFF!« UND »BÄRCH!« GEMACHT. **NEIN** – jemand anders hat leise »Mami! Mami!« gerufen. Und dann haben wir auch gesehen, wer das war.

ES WAR KOTZBROCKEN-KONRAD!

ER HAT AUF DER ANDEREN SEITE HINTER EINEN BUSCH GEKOTZT!

Da haben wir uns angeguckt und gegrinst. Selbst Ida. Ihr Grinsen war aber noch ein bisschen wackelig.

»Brauchst du Hilfe? Sollen wir deine Mami anrufen?«, hat Marie ihn höflich gefragt.

★MARIE IST SO MUTIG!★

»Nein«, hat Konrad gemurmelt. »Ich vertrage nur das Adrenalin-Pur-Dings nicht. Da wird mir immer schlecht.«

»Du Armer. Aber keine Angst, dein **GEHEIMNIS** ist bei uns sicher«, hab ich schnell gesagt.

Da hat Konrad ganz erschrocken geguckt. Weil er uns ja gerade aus Versehen sein Geheimnis verraten hat!

BINGO!

»KOTZBROCKEN-KONRAD wird uns nicht mehr ärgern«, hab ich den anderen auf dem Nachhauseweg erklärt. »Denn wir kennen jetzt sein schlimmstes Geheimnis. **ER VERTRÄGT DAS ADRENALIN-PUR-DINGS NICHT UND RUFT DESHALB NACH SEINER MAMI.«**

»Und außerdem wissen wir endlich, woher er seinen schönen Namen hat!«, hat Flora gesagt.

Und da mussten wir wieder so laut lachen, dass uns sogar die Doofen aus der Parallelklasse gehört haben, die weiter vorn an der Losbude standen.

SOFORT HABEN SIE DIE KÖPFE ZUSAMMENGESTECKT UND GETUSCHELT.

- Und so heimtückisch gegrinst!
- Was planen die?
- Worüber reden die da?
- Und warum macht Leonie den anderen so komische Geheimzeichen??

ICH GLAUBE FAST, *das wird unser* **NÄCHSTER FALL!!**

RIESENRAD
Monster
TURBO
Shoote
ÖRKS!
DIXI
KLOS
Maler